雖然是公會的
uketsukejou saikyou
櫃檯小姐，
但因為不想加班
所以打算
獨自討伐
迷宮頭目
4
[著] 香坂マト
[ill] がおう
U0063205

雖然是公會的櫃檯小姐，但因為不想加班所以打算獨自討伐迷宮頭目

uketsukejou saikyou

登場人物介紹

CHARACTER:1

亞莉納・可洛瓦

從事理想的職業「櫃檯小姐」的少女。不奢求有大成就，只想過安心、穩定的小日子，對現在的工作很滿意，但工作量持續過大時，會顯露出不為人知的一面……？

CHARACTER:2

處刑人

傳說中手段高明的冒險者，會在攻略不下的迷宮中颯爽出現，單獨討伐頭目後，一言不發地離去。雖然有人說本人一定是大帥哥，但存在本身仍是謎。

CHARACTER:3

傑特・史庫雷德

公會最強隊伍「白銀之劍」的隊長，位置是盾兵（Tank）的青年。誠實不驕傲的個性與端正的外表使他有眾多粉絲。知道亞莉納的真實身分後，一直想邀她加入隊伍，但——

CHARACTER:4

露露莉・艾修弗特

隸屬於「白銀之劍」的補師（Healer）。外表看起來很童稚，其實是最強隊伍的一員，能使用稀有技能與治癒魔法。

CHARACTER:5

勞・洛茲布蘭達

「白銀之劍」的後衛（Back Attacker），是隊上專門炒熱氣氛的青年。身為黑魔導士，擅長強力的攻擊魔法。

CHARACTER:6

萊菈

伊富爾服務處的櫃檯小姐，亞莉納的後輩。有著迷妹的一面，正熱衷於帥哥（？）冒險者處刑人。

CHARACTER:7

葛倫・加利亞

伊富爾冒險者公會的會長。自己也曾是「白銀之劍」的最強前衛（Top Attacker）。

〃被指派為「鬥技大賽」負責人之前的
櫃檯小姐A。〃
「啊啊，準時下班真是太棒了……!!」

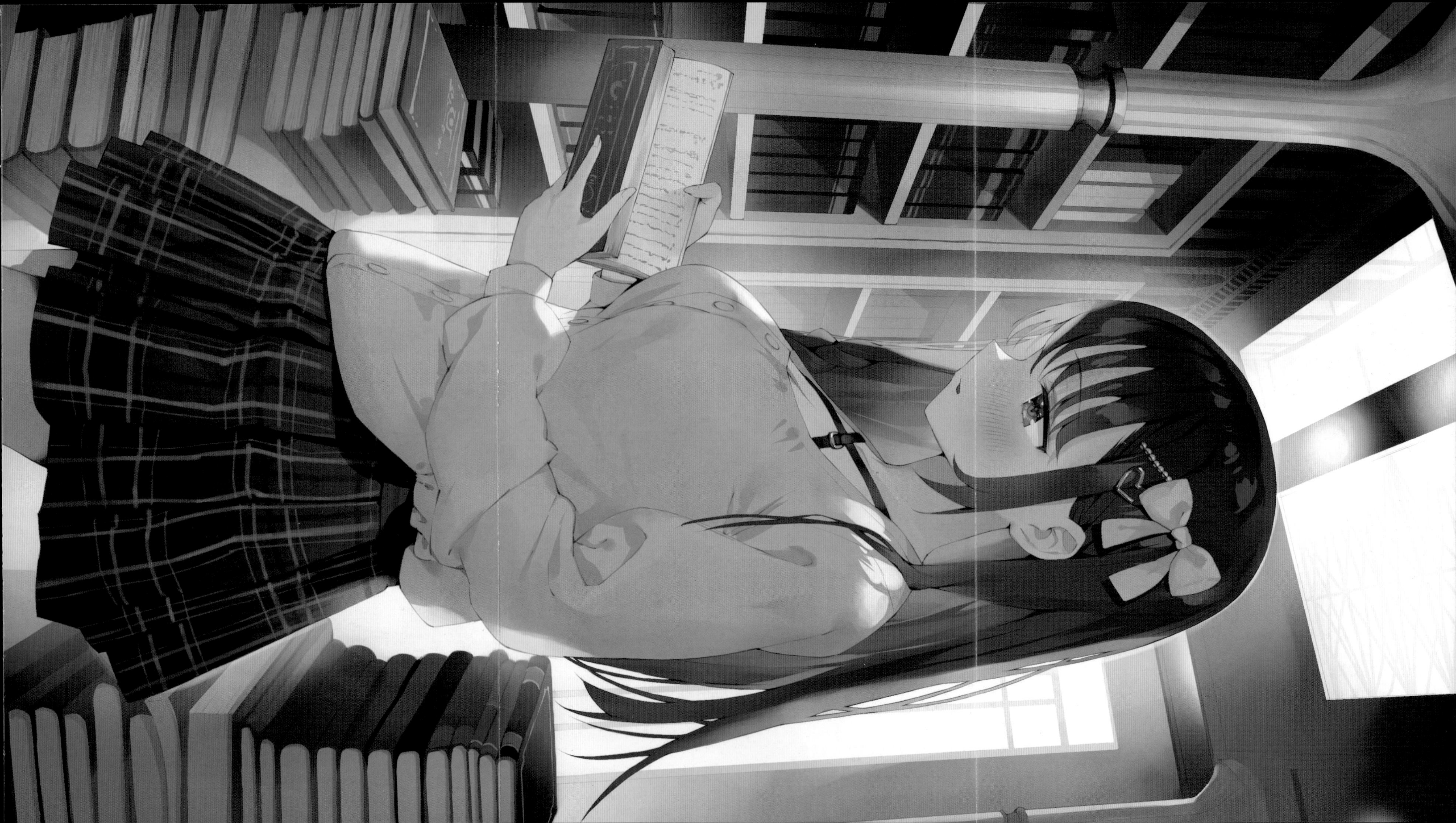

雖然是公會的櫃檯小姐，但因為不想加班所以打算獨自討伐迷宮頭目

uketsukejou saikyou

4

[著] 香坂マト

[ill] がおう

0

「不……不會吧……！為什麼能發現我……」

城市中的小路，男人嘴中漏出絕望的自語，一邊跑著。

沙啞的聲音消失在夜晚的黑暗中。儘管時不時地摔倒或者撞倒木箱，男人仍硬是在無人的小路中拚命前進。

他只知道被那傢伙逮到的話，只有死路一條。就在男人跑到臉色發白、滿頭大汗地扶著牆壁，彎過小路的轉角時——他突然倒抽一口氣，停下腳步。

因為不知何時，一名青年出現他前方的去路上。

「……!!」

與黑夜融合般的黑色裝束、遮住頭部的黑色帽兜、掩蓋口鼻的黑布。明亮的月光下，渾身黑的青年以血一般鮮紅的眼瞳安靜地看著男人。

男人有種全身血液倒流的感覺。青年剛才明明追在自己在身後，卻不知不覺間繞到自己前方了。

「可惡！」

男人慌忙地轉身想逃，可是走了三步後，又停下腳步——幾秒前經過的道路上，不知何時出現又高又厚的冰牆，擋住了他的退路。明白自己走投無路的男人，大腦瞬間變得一片空白。

「吶～可以結束這無聊的我追你跑了嗎？『違規』的大叔。」

我已經想睡了啊～紅髮青年聳了聳肩說道。儘管那安靜的殺氣讓夜晚的空氣變得刺痛，青年的說話語氣卻像與朋友聊天般輕鬆，因此男人剎那間湧起一絲無謂的希望。

「求、求求你！放我一馬吧，好不好!?」

被長時間追殺，男人的體力已經所剩無幾。不，就算身體狀況再好，他竭盡全力也不可能對抗那個「紅色清掃員」。

「這可不行。」

「我需要錢啊！我以前也為公會貢獻了很多！讓我賺這點錢，放我一馬也不過分吧!?」

「能不能放過你，不是由我決定的。」

「你之前不也是公會的人嗎！看在曾經是同伴的情分上——」

「我說啊——」

儘管男人拚命求饒，青年卻笑了起來。

「把公會努力保護的機密拿去換小錢的傢伙，能稱為同伴嗎？不行吧。一般來說。」

「……！」

「啊，順便告訴你一件事。想向你買機密的傢伙已經不存在於這個世界了，就算你想賣，也沒人買呢。」

清掃員豎起食指，笑咪咪地說出駭人的話。

「如果只是普通的違規，我還能留幾分情面，可是你越界了。」

「嗚……可惡……」

不管說什麼，這個清掃員都不會放過自己。男人咬牙，認命似地低下頭——下個瞬間，他抽出腰間的短劍，襲向了清掃員。

「去你的啊啊啊啊啊啊啊!!!!」

反正都是死路一條，還不如賭命一搏。男人以豁出去的氣勢砍向清掃員。他賭上性命，揮下使出渾身解數的刀刃——說難聽點就是自暴自棄的刀刃。比起使計脫逃，豁貓的窮鼠反而更難纏。明白這個道理的男人做起困獸之鬥——

然而下一瞬，男人的嘴被掩住了。清掃員輕而易舉地閃過攻擊，靈巧地鑽進男人懷中，五指擒住男人的臉，強硬地將他提起。沒能刺中獵物的短劍因強烈的衝擊，從男人手中掉落。

「……!……!」

嘴被堵住無法出聲、又失去武器的男人驚慌地抓住清掃員的手，可是清掃員的手卻紋風不動。男人腦袋一片空白，耳畔傳來清掃員冰冷的聲音。

「不要在半夜大吵大鬧。」

那是與剛才和朋友說話般的輕鬆語氣截然不同的聲音。

「……！」

男人有如被吸引般看向清掃員的眼睛。不小心看過去了。對上視線的瞬間，男人便被恐懼凍結。清掃員的眼光，實在不像身上流有溫熱血液的人類眼神。

那是不把人當成人看，甚至不當成生物看的，看著無機物的冷漠眼神。見到那眼神，男人明白了。對這名清掃員來說，殺人與捏死小蟲子沒有什麼不同。根本不是殺或不殺、手下留不留情的問題。

饒我一命——

就連臨終求饒的聲音也無法發出。

「蒼炎（Flamma）。」

清掃員詠唱起不曾聽過的奇妙魔法。噗咻！令人不悅的聲音發出，清掃員抓著男人臉部的手掌冒出藍色的火焰。火焰於轉眼之間包覆住男人的臉。

「——!!」

下一瞬，男人的頭顱完全消失了。

清掃員的手掌中，只剩下搖晃的藍色火焰。那火焰於瞬間把男人的頭顱化為灰燼。

咕咚。失去支撐的男人身體癱軟地倒下。失去頭部的頸部斷面因灼燒而堵塞，一滴血都流不出。清掃員看了無頭軀體一眼，把手中的藍色火焰扔到其上。

「發動技能，〈永增的愚者〉。」

清掃員對藍色火焰使用超域（西格魯德）技能後，火勢陡然膨脹增大。

藍色的火焰如大蛇般蠕動著，纏住男人的軀體，亮出尖牙，依著施術者的想法，吞噬男人的軀體。

每當男人的軀體被火焰接觸，都會逐漸「減少」。最後，整副軀體被啃食殆盡，彷彿從一開始就不曾存在過似的，男人徹底從世界上「消失」了。

＊＊＊＊

被稱為清掃員的青年，沉默地凝視著男人不復存在的場所。

直到幾秒前還活力充沛地四處竄逃、活力充沛地求饒、活力充沛地反擊的男人，如今連灰燼都不留地消失了。沒有慘叫聲，沒有屍體，也沒有留下血跡，如字面意義般，讓整個人消失

——青年玩味地思索著自己之所以被稱為「清掃員」的原因，小聲自語。

「真是討厭的工作啊——」

完全安靜下來的小巷中，青年拉下遮住半張臉的黑布，摘下帽兜，露出與眼睛同樣鮮豔的紅髮。只要再把派不上用場的魔杖插回腰間，他的姿態就搖身一變為世間知名的「精英冒險者」。

《白銀之劍》的後衛(Back Attacker)，勞・洛茲布蘭達。

「呼啊～回去睡覺吧。」

勞在眨眼之間，把將一個大男人從世界上抹消的事塞在記憶的角落，打著呵欠走回了宿舍。

1

「啊啊，準時下班真是太棒了……!!」

亞莉納‧可洛瓦張開雙臂，仰望被夕陽染紅的天空。

傍晚時分，伊富爾的大馬路上，準時下班的市民熙來攘往。從工作中解放的人們表情十分清爽。必須加班的日子，亞莉納總是以怨恨的眼神瞪著那光景，可是最近這幾天，亞莉納可以從容地笑著目送那些人遠去。

「回家後～先打掃房間～今晚來花點時間做燉煮料理好了？花一個小時慢慢泡澡，洗完澡後做體操、睡前喝杯熱牛奶、看萊菈借我的書……」

儘管離夜晚還很遙遠，亞莉納仍仰望著還很明亮的天空，興高采烈地折著手指，數起之後要做的事。今天準時處理完工作，回家後可以做很多事。準時下班的日子，精神上的寬裕與地獄加班期完全不同。

最近這陣子，生活一直如此平穩。

「呼啊——好順遂！生活！是如此地安穩順遂！」

亞莉納感動到全身發抖，眼角泛淚，因平穩非常的生活扭起了身子。

「這才是我追求的安穩生活……準時下班萬歲！」

亞莉納一邊哼著歌，一邊小跳步著前進，此時一旁傳來話聲。

「真是太好了，最近都不需要加班呢，亞莉納小姐。」

正是理所當然似地走在亞莉納身邊的跟蹤狂——傑特・史庫雷德。亞莉納看了他一眼，得意地哼了一聲。

「如果你不在，就更完美了——雖然我想這麼說，不過這次就算了。」

雖然傑特還是老樣子，埋伏等待亞莉納下班，十分煩人，但亞莉納今天沒有像平常那樣唾罵他或對他暴力相向。應該說——

「是白銀的傑特！」

路上的冒險者們發現傑特，倏地高聲呼喊，嘈雜地聚集過來。

他們轉眼間將傑特包圍起來，形成厚厚的人牆，把亞莉納擠到外頭。

「喂，什麼是複合技能!?」

「聽說白銀在沒有前衛(Top Attacker)的情況，以最快的速度攻略了那個超大型迷宮西偉大教堂……!?」

「你真的有超越超域技能的力量嗎!?」

包圍傑特的冒險者們爭先恐後地向他發問。

「咦？啊——……」

傑特困擾地刮著臉頰，含糊地回應。

一個月前發現的新迷宮，西偉大教堂。由於是總共七層的超大型迷宮，不只亞莉納，所有人都認為這個新迷宮必須攻略很久。

因為樓層愈多，必須討伐的守層頭目也愈多。至少要一個月，才能討伐完所有樓層的守層頭目，完全攻略整座迷宮。亞莉納也已經做好了覺悟。

可是這次被指派去攻略迷宮的《白銀之劍》，只花了不到一週，就討伐完所有樓層的守層頭目，達成了完全攻略。而且還是在缺少前衛、並且剛攻略完公會總部的隱藏樓層，傷勢還沒痊癒的情況下達成的。

近年少見的捷報，使冒險者之間不知從何處流傳起某個說法。

——《白銀之劍》的隊長傑特・史庫雷德學會了前所未聞、名為「複合技能」的能力。偶然目睹白銀戰鬥的冒險者們異口同聲地說，那是「凌駕了超域技能的力量」。

面對急著想知道真相的冒險者們，傑特曖昧地笑道：

「現在還不能說啦。怎麼能在『鬥技大賽』開始前就把手中的王牌秀出來呢？」

被許多冒險者逼問的傑特努力地思考措辭，蒙混過去。啊，說的也是。冒險者們紛紛頓悟般，退開了一步。

「比起那個，你們這樣好嗎？我們《白銀之劍》也會參加鬥技大賽哦。現在不是在這種地方打混的時候吧。」

「說、說的也是！」

「雖然不知道詳情，但是聽說複合技能可以一擊殺死守層頭目……！想和那種傢伙對戰的話，當然得好好鍛鍊才行！」

冒險者們說完便一下子散開，朝城外跑去。

「真是的……咦？亞莉納小姐？」

傑特終於鬆了口氣，發現亞莉納將雙手交叉在胸前等著自己，有些訝異地朝她走近。他大概是以為亞莉納會扔下被人群包圍的自己，逕自回家吧。

「……呵呵，呵呵呵，呵呵呵呵呵。」

亞莉納則是低著頭，肩膀微顫地發出低笑。「亞、亞莉納小姐……？」那不尋常的模樣，使傑特流下冷汗。亞莉納無視他的呼喚，「啊——哈哈哈！」地放聲大笑，用力握拳。

「從今以後，只要你使出複合技能，就能簡單地攻略大部分的迷宮了對吧！這樣一來，說不定、搞不好，我再也不需要加班了……!?」

亞莉納喜笑顏開地握住傑特的雙手，兩眼發亮地看著他的銀灰色眸子。

「謝謝你，傑特！」

「咦？咦!?」

從來沒被亞莉納正面道謝的傑特，驚訝到全身發直。他來回看著亞莉納罕見至極的、感動到閃閃發亮的雙眼，以及被柔軟小手包覆的自己的手，很快地滿臉通紅。

「託了你的福，我再也不必化身成處刑人了……！」

「啊、不、沒有……」

總是大剌剌地擺明「我就是跟蹤狂」的謎之自信，如今消失得不見蹤影。傑特面紅耳赤，嘴巴一張一合，最後承受不住地撇過了臉，不看亞莉納。

「雖、雖然還無法對抗魔神……不過，只要妳能開心，我的鍛鍊就有價值……啊，對了！」

原本十分困惑的傑特忽然想到一件事，喜孜孜地再次看向亞莉納。

「那麼，這次的鬥技大賽，亞莉納小姐要不要一起參加呢!?白銀正缺前衛——」

「不可能。你別得意忘形。」

「……………」

亞莉納笑容滿面、冷酷地否決了傑特的提議，傑特則笑著僵住了。亞莉納扔下變成石像的傑特，愉快地哼著歌，小跳步地踏上歸途。

2

「喂喂，還不能報名鬥技大賽嗎!?」

砰！一名生氣的冒險者拍著櫃檯大吼，亞莉納臉上掛著營業用的笑臉，流暢地說出最近倒背如流的說法：

「根據公會總部的公告，鬥技大賽的報名將在兩週後開始。請耐心等待。」

「兩週後!?誰等得了那麼久啊！我可是充滿鬥志哦！」

就跟你說要等了誰管你有沒有鬥志啊。

亞莉納吞下湧到喉嚨的心聲。平常的話，她早就忍不住對聽不懂人話的冒險者發出殺氣了，可是今天的亞莉納不同。沒錯，那種只會對櫃檯小姐發飆的小家子氣冒險者根本不必在意。因為現在的亞莉納有名為「不需要加班」的最強心靈支柱。

「目前服務處只承接一般委託，想報名鬥技大賽的話，麻煩您兩週後再次光臨。」

「……」

亞莉納笑咪咪地說著。也許明白再怎麼糾纏也沒用，冒險者一臉不滿地離開了。

呼──亞莉納吁了口氣，環視伊富爾服務處。

在西偉大教堂之後，沒有發現新的迷宮，時間過得很平穩。儘管如此，最近來服務處的冒險者還是比平常多。但只有少數人站在任務板前挑選任務，絕大多數人都在與其他冒險者交談。

他們正在募集參加一個月後舉辦的「鬥技大賽」的成員。

鬥技大賽。每隔四年舉辦一次，冒險者們的夢幻祭典。

形式是團體戰，出場人數最多四人，彼此以平日在任務中磨練的身手對決。換句話說，就是決定誰才是最優秀冒險者團隊的大賽。

雖然大部分的人都會與平常的隊友一起參賽，但也有為了得到優勝，特地與更強的冒險者組隊的人。對那些人來說，人潮聚集的伊富爾服務處是絕佳的挖角場所。

（盡量聊盡量聊。只要不來接委託，要說多少話都隨便你們。）

呵呵，亞莉納笑著走進後方的辦公室。

「亞莉納前輩，妳心情很好呢。」

一到座位，坐在隔壁的萊菈就輕笑著與亞莉納攀談。

「那當然。畢竟最近不需要加班，而且就算出現新迷宮，白銀應該也能解決。」

沒錯，這才是原本應有的模樣。櫃檯小姐專心接受委託，冒險者迅速攻略迷宮。沒有什麼因為櫃檯小姐不想加班，所以隱瞞真實身分，一個人前往迷宮打倒守層頭目……那種強行攻略的情況。正確運作的世界，使亞莉納笑得合不攏嘴。

「現在需要擔心的，就是誰會被指定為鬥技大賽的『特設窗口負責人』了呢……」

萊菈不安地小聲說著。

「鬥技大賽的報名開始後，每個服務處都會臨時加開『鬥技大賽特設窗口』……！聽說被指派為負責人的話，將會面臨地獄般的生活哦……！」

「我也有聽說。」

由於鬥技大賽四年舉辦一次，所以亞莉納成為櫃檯小姐後還沒有經歷過。不過最近經常聽說那件事。

鬥技大賽開始參賽報名後，每個服務處都會加開報名專用的「特設窗口」。至於處理報名業務的，當然是服務處原本的櫃檯小姐。由於不可能因此不做平時的委託業務，所以會指派特定的櫃檯小姐擔任負責人，把特設窗口等所有鬥技大賽相關工作都推給——訂正，是交給該名櫃檯小姐全權處理。

伊富爾服務處是大都市伊富爾最大的服務處，當然會有大量冒險者來這裡報名。其他櫃檯冷冷清清，只有特設窗口大排長龍的畫面，是鬥技大賽報名期間特有的光景。

「鬥技大賽特設窗口——又稱『死亡窗口』……！承辦登記業務的櫃檯小姐會忙到過勞死！……聽說是這樣。雖然只是比喻而已。」

萊菈想像著那可怕的光景，手指不住顫抖。

她會害怕也是正常的。鬥技大賽是足以與百年祭匹敵的大活動，其報名業務的處理自不用說，之後的事務處理、統計以及與總部的聯絡等等，總之所有與鬥技大賽相關的工作，都會落到負責人頭上。再加上優勝的獎品稀有又珍貴，所以必須嚴格審查參賽者的資格，不能有任何差錯，是與一般業務不能相比的沉重業務。

「放心啦，會過著地獄般生活的只有負責人而已。」

但亞莉納不以為意地笑著，像是要抹去萊菈的不安般，聳了聳肩。

「鬥技大賽可是四年一次的大活動哦。負責人的業務量不但多，而且不能犯下任何差錯，是非常重要的工作，所以通常是交給在第一線工作多年的資深櫃檯小姐負責，輪不到我們這些工作經驗不多的菜鳥做啦。」

「……是、是這樣嗎……!?」

萊菈見到一絲希望似地抬頭。亞莉納可靠地對一臉不安的後輩點頭，說：

「最近前輩們的臉色都差。因為不知道什麼時候會被處長『砰』地拍肩，被指名為死亡窗口、不對，是鬥技大賽的負責人哦……所以大家都拚命故意裝忙，好避開處長哦。」

「原、原來如此……！」

萊菈表情亮了起來，顯得安心多了。

「仔細想想，確實是這樣呢！那麼重要的工作，怎麼可能交給新人負責呢……再說如果是平常的前輩，知道可能會有那麼忙碌的工作，肯定會像惡鬼一樣臉色鐵青，可是妳卻一副無所謂的樣子，我正覺得奇怪呢！」

「……妳最後一句是多餘的。」

亞莉納以死魚眼瞪著後輩。不過啊，她又揚起嘴角說道。

「鬥技大賽期間，雖然負責人會身陷地獄，可是對其他櫃檯小姐來說是天國般的期間哦。因為大部分的冒險者都去參加鬥技大賽了，一般委託的承接量會減少。所以我們只要在有空時幫幫負責人的忙，等下班時間一到，就能回家了！多美好的日子！啊——哈哈哈哈！」

「亞莉納。」

亞莉納正對勝利深信不移地大笑，此時有人『砰』地拍了拍她的肩膀。

亞莉納的笑臉瞬間凍結。從她身後傳來的——無疑是服務處處長的聲音。

「哈……欸？」

亞莉納緩緩回頭，站在自己身後的，確實是臉上掛著溫和笑容的處長。

那一刻，辦公室的人們動搖了。

在這種時期，平常鮮少離開座位的處長，主動走到櫃檯小姐身後『砰』地拍肩搭話。這表示——

不會吧。

不會吧不會吧不會吧。不可能有那種事。

亞莉納在心中拚命否定那最壞的可能。因為照慣例，都是工作七年以上的櫃檯小姐才會被挑上，而自己只是工作第三年的菜鳥。總算熟悉了一般的委託業務，逐漸掌握工作的訣竅，有餘裕思考怎麼樣才能有效率地處理業務，開始能接稍微重要一點的工作。她只是這種不算新人，但也稱不上資深老鳥的中級員工。

「有……有什麼事呢？」

沉重的寧靜籠罩著辦公室。亞莉納吞了吞口水，擠出聲音發問。其他櫃檯小姐們也放下手中工作，屏息等待處長的回答。處長在眾所矚目下溫和地笑著，把一疊文件交給亞莉納。

「這是總部傳來的急件，要整理出最近幾天來伊富爾服務處接西偉大教堂任務的冒險者名單。可以交給妳做嗎？」

「咦？」

亞莉納低頭看著處長遞來的文件。與鬥技大賽毫無關係的業務，馬上使亞莉納安心地卸下身上的力氣。

「咦？啊、哈哈，什麼嘛。是，好的，沒有問題。」

由於剛才過度動搖，亞莉納有些結巴地回應著，接過文件。處長點點頭，轉身離開了。他來找亞莉納，似乎真的只是為了這件事而已。其他彷彿被定格般的前輩櫃檯小姐們，也有如時間再次流動似地，開始做起自己的工作。真是的，這樣對心臟不好。亞莉納心道，翻起剛才收

下的文件——

「啊，對了。」

處長突然停下腳步，想到什麼似地回頭，對亞莉納說出令人絕望的話語：

「關於這次的鬥技大賽，我有重要的事要和妳說，可以到會客區談一談嗎？」

＊＊＊＊

「亞莉納，其實我想指派妳擔任鬥技大賽的負責人。」

「我反對！」

處長一說完，亞莉納立刻起身反對這最糟的提議。

「因……因為，我聽說那往年都是由資深櫃檯小姐負責的！我才工作第三年，沒有足夠的能力能處理那些事！」

「這我當然知道。可是從今年起，我想改變這種因為資深就指派為負責人的武斷的方針。」

儘管亞莉納用力抗議，處長仍無動於衷，慢條斯理地說著：

「會這麼說，也是因為上次的大賽是交給當時的資深櫃檯小姐承辦，但不幸的是，報名期間發現了新迷宮。把她從一般業務分出去後，失去主要戰力的一般櫃檯整個忙不過來。到最後，當時的負責人不但必須處理鬥技大賽的相關業務，還得同時幫忙一般的委託……」

「……」

原來如此。

在忙碌的時期失去主要戰力，確實是很嚴重的打擊。不僅是單純的人手不足，假如發生了常規之外的狀況，還是只能找資深人員來幫忙。

「當時的負責人已經調到其他單位去了，但距離上次已經過了四年，伊富爾服務處的大家都成長了，不論由誰承辦鬥技大賽的業務，應該都沒有問題。不過啊，我很肯定妳的能力哦，亞莉納。我認為妳一定能做好大賽負責人的工作。希望妳趁這個機會好好磨練，累積更多的經驗與知識，成為更出色的櫃檯小姐。」

「……」

順帶一提，亞莉納沒有拒絕的權利。

除非預產期近了，或者生了什麼大病，要有這種重大的理由，否則無法拒絕處長的指派。所以原本可能被指派為負責人的前輩們臉色才會那麼難看。到頭來，雖然處長的語氣是詢問，但其實是不折不扣的「任命」。

「……我……………………我明白了……」

亞莉納只能搖搖晃晃地跌坐在沙發上，以幾乎聽不見的音量答應。

3

亞莉納回到自己的座位時，辦公室的所有人都偷偷觀察她。

「前、前輩……」

萊菈戰戰兢兢地開口。她應該已經猜到處長找亞莉納談什麼了吧。亞莉納一頓一頓地轉動僵硬的脖子，看向萊菈。

「幹嘛……」

「噫……！前輩，妳的臉變成木乃伊了……！」

也許是從亞莉納的表情確定猜測成真，萊菈吞了吞口水。

「果然、前輩、是鬥技大賽的……」

「說要指我為鬥技大賽的負責人……」

「……以驚人的速度收回了伏筆呢……」

也許是想不到其他能說的話，萊菈像要弔念亡者似地垂下眼簾。

「……為什麼？」

原本被絕望淹沒的亞莉納的心中，逐漸湧出怒氣。

「為什麼是我負責鬥技大賽啦————!!!!」

她抱頭大叫。

「什麼？該從什麼地方開始著手!?我明明從來沒有經歷過鬥技大賽……！而且上次的負責人已經調走了，沒有人能告訴我該怎麼做啊！」

其他人看著亞莉納崩潰的模樣，不知道該對她說什麼才好。就在辦公室陷入微妙的氣氛時，一道慢條斯理的聲音無視這點，喚了亞莉納的名字。

「啊，對了，亞莉納。」

是處長。亞莉納已經無法遮掩怒氣，橫眉豎眼地回頭：

「什麼事！」

「剛才忘了說，這是前任負責人留下的鬥技大賽相關的交接文件。除此之外，四年前處理的文件都收在地下室的書庫裡，妳可以找出來作為參考。」

交接文件。那是前任負責人留給接手者的，業務的處理方法以及注意事項的指導書。光是有這東西，繼任的人就可以少走很多冤枉路。不對，應該說沒有它的話會死人。有沒有交接文件，決定了繼任者的生死。

「是、是神……！」

人生還有希望。亞莉納衝上前，一把搶過處長手中的文件。那是一張摺得很整齊的紙片。

亞莉納急急忙忙地打開——

在見到紙上寫的交接內容後，無言了。

【鬥技大賽報名流程】

・請報名者填寫報名表。

・向總部提出報名人數。

・靠幹勁加油哦！

「三……三行……………………………………………………………？」

「……咦？這個，算是交接文件、嗎……!?」

好奇地把頭探過來的萊菈，也因為這只用三句概括的陽春「交接文件」而無言。

「不要用三行打發交接文件啦啊啊啊啊啊————————!!!!」

亞莉納仰天長嘯，氣到眼角倒豎。

「而且最後那行根本只是空泛的鼓勵吧!?實際上和業務有關的只有兩行啊！！！」

「這、這，實在有點……」

「不，還沒結束！還是有希望……指導手冊！」

亞莉納說著，抓起掛在牆上的某把鑰匙，打開某扇平常總是緊閉的門。

那是通往地下室的門。亞莉納一口氣奔下樓梯，進入一間小書庫。其中井然有序地塞滿了伊富爾服務處過往保存的各種文件。亞莉納從最邊緣的櫃子開始，一一檢視文件夾書背上的文字。

「亞、亞莉納前輩，妳怎麼了……!?」

萊菈也追著亞莉納，踏入了地下室。

「是指導手冊喔。過去的負責人在離開時寫給將來負責人的遺言……不對！是業務流程以及工作訣竅與案例整理……！雖然是四年一次的活動，但是只要曾經舉行過，就一定會有資料——有了！」

亞莉納以充血的眼睛找到了書背上寫著「鬥技大賽指導手冊」的文件夾。

「只要有了這個，就能明白大致的……」

亞莉納以流暢的動作打開文件夾，唰唰唰地翻閱起來。可是，不論她怎麼翻，見到的全是空白的頁面。

「為……為什麼？為什麼!?」

亞莉納連忙往回翻。最後，總算在第一頁的最上方找到了筆跡。只寫到頁面上半的文字，途中便消失了。上面寫著：

『太忙了，沒力氣做指導手冊。靠幹勁加油……』

「所——以——說————！！！」

亞莉納氣得把文件夾摔在地上。

「既然沒力氣，就不要製作標題騙人的文件啦!!如果靠幹勁就能解決一切，誰還會這麼辛苦啊！」

「前、前輩，妳冷靜點……！」

到頭來，亞莉納只能和慌亂的萊菈，一起從書庫中把所有與過去的鬥技大賽有關的文件全找出來。

幾個小時後——

作為參考從地下書庫挖出來的過往文件，在亞莉納的桌子周圍像山一般堆起。那冷冽肅殺的氛圍，儼然就是文件砌成的要塞。

見到那光景，其他櫃檯小姐們忍不住開口。

「有、有困難時要盡量說出來哦，亞莉納。」

「亞莉納，妳要不要吃點心？」

就連平常總是盡可能不干涉他人業務，以免被捲進麻煩事裡的前輩們，也溫柔到不自然的程度。她們彷彿要上供貢品鎮壓凶神惡煞似地，在亞莉納的桌子上放滿點心。

「可洛瓦小姐……這陣子的委託統計工作，就交給我做吧。」

就連把亞莉納視為眼中釘的首席櫃檯小姐蘇麗也說話了。

「為什麼……為什麼是我要負責鬥技大賽啊……」

嗚嗚，亞莉納哭著開始了地獄般的忙碌生活。

4

一週後。鬥技大賽開始報名的當天早上，就有許多冒險者聚集在伊富爾服務處。

亞莉納平常使用的櫃檯直接成為鬥技大賽的特設窗口。儘管營業時間還沒到，伊富爾服務處的門口已經大排長龍了。

冒險者們一面排隊等著報名時間開始，一面心浮氣躁地看著放在亞莉納櫃檯上的物品。

那是一件前衛藝術作品般的擺飾，似乎是人型的雕像。表面刻滿了奇妙的花紋，中央有朝八個方位放射的魔法陣——只有遺物（Relic）才有的神之印（蒂亞）。

儘管那擺飾直接放在櫃檯上，但由於其周圍都嚴實地布下了以超域技能製作的防護罩，所以無法直接碰觸到物品。

「那就是這次的優勝獎品……！完全沒有加工過的，特大級的『純遺物』！」

等待報名開始的冒險者們看著亞莉納櫃檯上的人像，議論紛紛。

純遺物。與「遺物武器（Relic Arma）」或「傳送裝置（水晶門）」等對遺物進行某種加工，或是將遺物加以應用而作成的物品不同，是未經任何加工的遺物。

雖然純遺物比加工過的遺物昂貴，可是在迷宮發現的純遺物往往只有巴掌大小。太小或者隨便哪個迷宮都能撿到的純遺物，由於稀有性太低，反而不值錢。

但……這次的優勝獎品，與一般的純遺物不同。它全長與短劍差不多，大小與一般迷宮隨便都能撿到的純遺物天差地遠，一眼就能看出是非常稀有的物品。

「太驚人了，我第一次看到那麼大的純遺物！」

「聽說賣掉的話，把錢拿去買遺物武器都還有找哦……！」

「如果能得到那獎品，我就可以和這身爛裝備說再見了！」

冒險者們如見到美食的野狗般，看著優勝獎品吞口水。就在這時，伊富爾服務處的營業時間總算到了。

「歡迎光臨！您是要報名鬥技大賽對吧？」

亞莉納以僵硬的笑容，迎接第一個衝進服務處的冒險者。

雖然亞莉納沒有處理過任何相關事宜，但流程與平常的任務委託大致上是一樣的。請報名者填寫報名表上的必要項目、確認報名者的參賽資格，最後檢查完冒險者執照，請報名者在報名表上簽名。

麻煩的是，與平常的任務承接業務不同，此處需要檢查「所有參賽者」的冒險者執照，而且需要所有參賽者的簽名。平常的話，只要出示「隊伍代表者」的冒險者執照，並由代表者簽名就好，因此以為跟平常一樣的冒險者應該很多——

「對，我們要四人一組（Full Party）參賽。」

「好的。那麼麻煩您在這張表格上填寫資料，並提出所有成員的冒險者執照，還有要請所有成員簽名。」

「咦？所有成員？可是只有我來而已。」

「……」

就說嘛。就——說嘛！

「這樣啊？」亞莉納在心裡發飆，表面上維持笑容回應。

雖然公會總部姑且從好幾天前就張貼公告，並發傳單宣傳申請流程了，可是連一般委託的申請都做不好的低能冒險者們，當然不可能事先仔細閱讀那些規則。

「報名時需要團隊所有成員的簽名，並確認所有人的冒險者執照，請在收集好那些後再過來。」

「欸——還要再來一趟嗎？不能由我當代表報名就好嗎？」

「無法確認所有人資料的情況，就會失去參賽資格。」

「……」

亞莉納皮笑肉不笑地說著，讓第一個報名的冒險者拿著剛寫了幾個字的報名表離開了。

（很好！下一個！）

亞莉納迎接第二個前來報名的冒險者。與大部分的粗鄙冒險者不同，那是一名戴著眼鏡、把自己打理得乾淨整齊，看起來有點神經質的男性。亞莉納一眼就看出這人是知性派冒險者。如果是這個人，應該沒有問題——兩年多的櫃檯小姐經驗如此告訴亞莉納。

「這是報名表。包含簽名，所有內容都提前填好了。所有人的冒險者執照在這裡。」

她想的沒錯，知性派冒險者熟練地將全部填好的報名表，以及所有成員的冒險者執照放在櫃檯上。事前準備完美得令人感激。

（太、太好了～～!!）

遇上極為罕見的「事先仔細閱讀過報名規則」的冒險者，使亞莉納鬆了一口氣。說的也是，雖然亞莉納是第一次經歷鬥技大賽，但如果是資深冒險者，早就參加過許多次大賽了，當然知道正確的報名方法。

「謝謝您，那就此受理您的參賽申請——」

「喂！你這傢伙！」

然而就在這時，一名男人從人群中擠到櫃檯前。

不，不只一人。那男人帶著兩名似乎是隊友的冒險者來到櫃檯，粗魯地抓住知性派冒險者的手。

「你不是一直都和我們組隊嗎……哪有只在鬥技大賽時換隊友的!?」

那名冒險者漲紅著臉，怒氣沖沖地逼問知性派冒險者。但面對那充滿魄力的怒吼，知性派冒險者只是以輕蔑的眼神看了他一眼，再誇張地嘆氣。

「啊啊，抱歉，我沒說過嗎？因為有比你們更強的冒險者邀我組隊，所以我決定這次和他們一起參賽。」

「你說什麼!?」

「雖然這麼做對你們很不好意思，不過我這次是認真想拿到優勝呢。既然如此，和更強的冒險者組隊，不是理所當然的嗎？」

「你這傢伙，哪有這麼自私的……」

「想和什麼人組隊是個人自由。可以別一直纏著我嗎？」

「你這個混帳，話都給你說就好了！」

知性派冒險者故意挑釁，闖入的冒險者暴跳如雷。兩人的爭論愈演愈烈。

「……」

亞莉納面無表情地看著那光景。理應要順利完成的報名，看來是無法立刻結束了。亞莉納輕輕嘆了口氣，朝兩人開口：

「……客人，很抱歉，您似乎還沒做好報名的準備，請改天再來吧。」

「請等一下，我要現在完成報名。我已經排很久了，可不想再排一次隊。」

「但後面還有其他客人……」

「吵死了！櫃檯小姐插什麼嘴！」

闖入的冒險者不講理地遷怒完亞莉納，便揪住知性派冒險者的領子。

「哼，一不高興就想使用暴力嗎？老實說，我從以前就對你們很不滿了。知道嗎？這個隊伍之所以能撐到現在，還不都是因為我一直在幫你們善後。和你們比起來，新隊伍的整體水準高多了，完全不需要我『看護』他們。該加入哪個隊伍，不是顯而易見的事嗎？我看乾脆趁這個機會和你們拆夥好了。」

「你、你竟然說成那樣……！看我揍死你！」

冒險者們不一會兒便開始鬥毆。

「……」

亞莉納只是一言不發地看著混亂的現場。

她已經知道前途多難了。

5

深夜，所有人都離開了的伊富爾服務處辦公室。

亞莉納坐在會客用的沙發上，將雙手手指抵在一起，嚴肅地開口：

「——這就是鬥技大賽報名第一天的慘狀。」

她對坐在自己正對面的男人說道。

雖然亞莉納後方的辦公桌周圍已經堆滿了大量的報名表，但她暫時無視了那些。因為比起龐大的處理量，目前有更嚴重的問題。

「最重要的問題，果然是鬥技大賽的報名規則——『必須提出所有成員的冒險者執照與簽名』。能確實地理解這項要求的冒險者，不到整體的一半。每當面對新的報名者時，都得重新說明，被冒險者抱怨，努力把人趕回去，這樣不但沒有效率，對身心健康也不好……必須盡快擬出對策才行——」

說完長長的前言後，亞莉納呼出一口氣，宣布：

「因此，現在開始進行第一次鬥技大賽特設窗口的對策會議。」

「請多指教。」

坐在亞莉納對面的男人——傑特・史庫雷德將放在腿上的雙手握拳，以認真的表情回應。

「是說，鬥技大賽特設窗口啊……即使跟平常一樣需要處理的量很多，但最重要的問題是，該如何流暢地處理白天的受理業務呢。」

「就是這樣。」

亞莉納用力點頭。

「窗口的混亂不但會拖累受理報名的速度，還會引發處理事務時的失誤。例如填錯內容，或是沒檢查出填錯的部分。只要出了任何一點錯，失誤就會如滾雪球般愈來愈大，大幅延宕進度。光是一個失誤，就有可能致命哦……！」

「所以對今天沒有仔細讀過報名規則就跑來的冒險者，妳是想辦法把他們打發走的嗎？」

「沒錯。但聽說每屆都是那樣。永遠被冒險者耍得團團轉，靠事務處理能力高的櫃檯小姐用命處理妥當……實在太沒有效率了。因為大賽四年才舉辦一次，所以每次都是在沒有擬出改善對策的情況下，交給下一任的負責人承辦。」

假如是一般的櫃檯業務，由於每天都得處理，為了讓現場更有效率，流程自然得到改善。

可是鬥技大賽的登記業務，每四年才會承辦一次。光看「三行的交接文件」或「全白的指導手冊」，也能知道負責人光是處理業務就忙不過來了，根本沒有心力思考如何改善四年後的業務內容。

過去的負責人，八成通過喉嚨就忘記燙了吧。鬥技大賽一結束，立刻把相關文件封印在地下書庫裡，再也不願多看一眼，任憑四年歲月流逝。

「因為每四年舉辦一次，所以由同一個人擔任負責人的機會很低，這點也很難辦呢。每次的新負責人都必須在沒有任何知識經驗的情況下，從頭開始摸索……」

「當務之急，是建立順暢的報名流程，把它模式化，然後傳承給未來的負責人繼續使用……」

「亞、亞莉納小姐……！」

聽見亞莉納的話，傑特大受震撼似地向前探出身子。

「妳明明都忙不過來了，還貼心地考慮到四年後的櫃檯小姐的處境，實在太偉大了。」

「……因為，我有種下次也是我負責的預感啊……」

「……原來如此……」

亞莉納趕走惡夢般的預感，用力握拳。

「總而言之，今天要來擬定讓白天的受理業務順利進行的對策了哦！」

「嗯，這是最優先事項呢。」

傑特點了點頭，兩人開始討論對策。

6

萊菈在早晨的伊富爾大馬路上前進。

離上班尖峰時段還早，路上幾乎沒有行人。

就伊富爾服務處的櫃檯小姐而言，萊菈的年資最淺，因此上班前打掃服務處的差事自然落在她頭上。雖然覺得很麻煩，但由於亞莉納總是很有義氣地幫忙，所以萊菈也沒有那麼厭惡這份差事。

萊菈從後門直接進入伊富爾服務處的辦公室，發現理應空無一人的辦公室裡，已經有人在了。

「哦，萊菈，妳來得真早。」

以爽朗的聲音寒暄、出現在萊菈眼前的，是高個子的青年傑特・史庫雷德。

他是冒險者公會的精英《白銀之劍》的隊長，在公會中的地位等同於幹部——儘管如此，他今天卻一早就滿身髒汙，漂亮的銀髮上綁著像土木工人般的布條，手中握著鐵鎚。只見他脫下了平常穿的輕裝鎧甲（Light Armour），捲起褲管與袖子，令眾多女性著迷的清俊臉龐上滿是汗水。

見到明顯不是他正常應有的模樣，萊菈不由得忘了打招呼，直接說出疑問。

「……您……您在做什麼呢……？」

「沒有啦，我昨晚和亞莉納小姐開了作戰會議，為了趕在天亮前完成，所以工作了整晚。」

「整晚!?」

「先別管這個啦，總之妳先到外頭，從正門進來看看吧。」

「……？」

萊菈雖然覺得疑惑，但還是從辦公室的後門走出去，繞到伊富爾服務處的正門。

「這、這是……!?」

正門外明顯的異樣光景，使萊菈驚愕不已。

一面巨大的木製告示牌，不知何時便靠在了伊富爾服務處的正門旁。貼在牌子上的紙大大地寫著幾行字：

『敬告鬥技大賽的參賽報名者：

報名前，請確認已備妥以下必要項目。

・所有參賽成員的簽名。
・所有參賽成員的冒險者執照。』

「原、原來如此。昨天的確有很多不清楚報名條件的冒險者呢……在進入服務處之前提醒報名者該準備的東西，這麼做很有效率呢！」

萊菈佩服地連連點頭。傑特之所以把自己搞得像木工，就是為了製作這面告示牌啊。萊菈心想，走入服務處，迎面而來的是另一面巨大的告示牌。

『敬告鬥技大賽的參賽報名者：報名參賽必須備妥「所有成員」的簽名與冒險者執照。』

「這樣很好呢！就算沒發現正門旁的告示牌，走到這邊時，就知道該回頭了。」

萊菈繼續朝亞莉納的櫃檯前進，又見到另一面告示牌。

『敬告鬥技大賽的參賽者：請先備妥「所有參賽成員」的簽名與冒險者執照。』

「在這裡又提醒一次！這樣一來，就算沒注意到前幾面告示牌，應該也會發現了吧！」

接著萊菈終於走到能看見亞莉納櫃檯的地方。在排隊等待的場所，也精心設置了一面告示牌。

『鬥技大賽「所有成員」的！簽名！冒險者執照！』

「……嗯，嗯。」

已經沒有文法，只潦草地寫著重點名詞。萊菈當成沒看到那告示牌，來到亞莉納的櫃檯前。

「……這、這是……」

只見亞莉納笑容滿面地站在櫃檯後方。然而，在她周圍的事物正散發著驚人的氣勢。

櫃檯前方地面貼著巨大的告示紙，櫃檯旁立著告示牌，桌面只留下最低限度的必要空間，其他地方放滿了小型告示牌。除此之外，天花板甚至垂吊著木板。

那些告示牌上宛如帶怨的詛咒般，寫滿了文字。

「『所有成員』的簽名」。「『所有成員』的冒險者執照」。「所有成員!!」。「不受理舊格式的報名表」。「給我安靜排隊」。「要出賽的傢伙給我全部一起來」。「報名後立刻離開」。「沒決定好參賽成員不准來報名」。「想吵架去外面吵」。

「…………………」

那些告示牌散發出的難以形容的憤怒，使萊菈無言了。

「……感覺上，從中途開始就已經氣到口不擇言了……」

「呵呵，做到這種程度的話，就算再白痴，應該也會看到那些字吧。」笑咪咪的亞莉納得意地挺胸，「這樣一來，就不會有人在櫃檯吵有的沒的，或者一個人來報名參賽，浪費我的時間了……！」

「的、的確，有這麼多告示牌的話，至少會見到其中一面才對。」

「這些告示牌和紙上寫的，都是昨天重複了一百萬遍的內容哦。期待那些無能冒險者會事先看清楚報名規則，根本就是個錯誤。」

「原……原來如此……」

「有這麼多告示牌的話，就不會有人到櫃檯前才抱怨沒聽說要所有人的冒險者執照或簽名了。完美……！」

「應該說，前輩妳為了這個壓榨了傑特大人一整晚嗎……？」

「這說法真失禮，我也有出力幫忙，也有自己動手做哦。例如那個！」

亞莉納說著，得意洋洋地指向某塊比其他告示牌小了一號、明顯做得歪七扭八的告示牌。那面亞莉納製作的告示牌原本就已經處於傾斜狀態，而風從敞開的大門灌入後，只有它喀喀地搖晃、失去平衡，隨後砰地倒下。

「……」

「……」

「反、反正這種東西只要能看得到就好了。」

亞莉納尷尬地重新立好自己做的告示牌，別過臉說道。

「我想說如果讓亞莉納小姐製作這麼多大型告示牌，應該會出現很多傷患吧……」

注視著亞莉納舉動的傑特困擾地笑著說道。

「您的判斷是對的，傑特大人。」

太好了，幸好有傑特在——萊菈莫名地感到安心，同時又覺得傑特居然肯為了亞莉納工作一整晚，愛情的力量真是了不起。

「無論如何，今天是受理報名的第二天。雖然昨天都被耍得團團轉，但我今天是不會讓他們得逞的……！」

亞莉納用力握拳，翠綠色的眼中燃燒著混合了憤怒與鬥志的火焰。

＊＊＊＊

（放馬過來吧，你們這些混帳冒險者……！）

亞莉納站在鬥技大賽特設窗口後方，臉上掛著接待用笑容，在心裡打氣。

營業時間開始，萊菈打開伊富爾服務處的大門，早就在外頭排隊的第一位冒險者進入服務處。那冒險者直衝亞莉納的櫃檯，果然是來報名參加鬥技大賽的。

「歡迎光臨。您是來報名參加鬥技大賽的吧！麻煩您在這張報名表上填寫必要項目，並提出隊伍所有成員的簽名與冒險者執照。」

「咦？所有成員？我沒聽說啊。」

「…………………………………………………………」

冷靜，冷靜。

亞莉納覺得自己的業務用笑容臉僵住了。她拚命地壓抑反射性地想發動神域（蒂亞）技能的衝動。

照理來說，在開門前就在伊富爾服務處外頭排隊的這名男性，應該至少會見到設置在正門口外頭的那塊最巨大的告示牌才對。為了讓遠處的人也能看見，為了讓白痴也看得懂，亞莉納與傑特做了許多錯誤嘗試，以簡潔又巨大的文字寫成告示。如果是一般人，如果是有智慧會思考的一般人，一定會注意到告示牌上自己打算報名的「鬥技大賽」幾個字吧？這個男的在外頭排隊時，都在做什麼啊？哦哦原來如此，這傢伙既沒有智慧也不會思考呢。那就沒辦法了。以為能用文字和冒險者溝通，是我的錯啊。啊啊對了，他們就只有這種程度呢。昨晚不眠不休製作的告示，光是碰上第一個來報名的冒險者，就失去意義了，沒辦法。對方是低能冒險者嘛。是不長腦袋的白痴嘛。這種、這種事，不就只是家常便飯而已嗎…………………………………

亞莉納在零點一秒內強行建構了讓自己保持理智的理論，賭上工作第三年的驕傲，極為冷靜地開口：

「去死一億次吧——」

「咦？」

「麻煩您讓隊伍的『所有成員』在這張報名表上簽名，並帶著『所有成員』的冒險者執照，再來一趟。」

「妳、妳剛才說去死……」

「應該是您聽錯了吧？」

「……」

儘管冒險者還想說什麼，但是在見到亞莉納的表情後，把話都吞了回去。雖然不知道原因，但她看著自己，面部扭曲得可怕。

「我、我知道了……對不起。」

冒險者小聲道歉，迅速離開了伊富爾服務處。亞莉納若無其事地呼叫下一名排隊的冒險者。

7

與這些冒險者周旋的時光暗無天日，等亞莉納回過神時，已經是鬥技大賽開始報名的一週後了。

深夜的伊富爾服務處，亞莉納今日也沉默地加著班。

「……好……好累……」

亞莉納筋疲力竭地趴倒在沒有其他人的辦公室桌上。白天與蜂湧而至的冒險者周旋、做著不熟悉的業務，晚上加班到深夜的地獄般的生活，已經一週了。雖然報名業務比一開始流暢了不少，可是接著到來的，便是數量龐大的後續處理事務。

「……」

亞莉納瞄了一眼桌面，等待處理的文件堆積如山。這還是有傑特幫忙的結果，假如傑特不在，就許多方面來說，亞莉納可能已經死過好幾次了。

（這就是所謂的「死亡窗口」……實在太可怕了。）

亞莉納擠出最後的力氣起身，走出辦公室，來到前方的櫃檯。尚未處理的文件淹沒櫃檯下方的地板，這些全是白天時來不及處理，先擱置在一旁的文件。

「好多……」

亞莉納厭煩地看著大量文件，正準備將它們抱進辦公室時——不經意地注意到櫃檯上的優勝獎品。

有如抽象的人物雕像般的純遺物。

乍看之下，那貴重的純遺物似乎只是毫無防範地放在櫃檯上，但其實周圍有好幾道以超域技能布下的陷阱，所以一般人無法直接碰觸到那純遺物。

「唉……為了這種莫名其妙的遺物，每個傢伙都瘋了……」

冒險者們參加鬥技大賽的理由各不相同。有把優勝視為榮譽的人，也有志在參加、不在得名的人，但最常見的參加原因，應該是為了這個高價的優勝獎品吧。拿去變賣的話，不但能更換更強更新的裝備，就連昂貴的遺物武器也買得起了——對沒資格申請貸款的冒險者來說，能得到一大筆金錢，等於直接提升了戰力。當然，有實力得到優勝的冒險者，應該早就買得起遺物武器了，即使如此還是會懷有一夕致富的夢想，這就是冒險者。

「愈看愈不爽……而且這是什麼把人當傻瓜的造型啊……」

亞莉納喃喃抱怨著，戳了戳人像的頭部。雖然純遺物有超域技能保護，可是在擁有神域技能的亞莉納面前，全都是無效的。

那人像的表面有著奇妙的花紋，體內的神之印朦朧地閃爍不已，感覺相當神祕。但波浪狀的身體線條與微微扭轉的姿勢，總給人一種嘲弄觀賞者的感覺。

「嘿！」

亞莉納湧起惡作劇的念頭，輕輕彈了一下人像的額頭。噹，輕脆的聲音迴蕩在安靜的伊富爾服務處。

「哼，這次就暫且放你一馬吧。」

亞莉納指著純遺物人像，對它說完後，抱起沉甸甸的文件。

「唉～鬥技大賽能不能快點結束啊……希望之後再也不要當上鬥技大賽的負責人——」

劈嘰。

一道奇妙的聲音，打斷了亞莉納的自言自語。

「？」

亞莉納停下走向辦公室的腳步，回頭尋找聲音的來源。

劈哩、劈哩……

奇怪的聲音持續傳來——是從純遺物身上發出的。

「咦……？」

不祥的預感竄過亞莉納胸口的瞬間——

啪嚓……伴隨著空虛的碎裂聲，人像頸部出現裂痕，頭部分離了。咚，匡啷。拇指指甲大的頭部掉在地上，滾到亞莉納腳邊。

「咦？」

完全的寂靜，瞬間占據了伊富爾服務處。

亞莉納以一種置身事外的心情，看著自己腳邊的頭部。接著，她把視線向上移動到櫃檯。外形簡單到令人覺得製作者是不是因為嫌麻煩而省略了所有細節的人像，彷彿嘲弄觀賞者似地，維持著微微扭轉身體的姿勢。

可是，沒有頭。脖子以上的部分完全消失了。也許因為純遺物是以特殊物質製作的，缺口處有如被銳利的刀刃斬斷般平滑。

亞莉納再次把目光向下移。有一個人像的頭。

她又把視線移回櫃檯。脖子以上，沒有頭──

「呃啊啊啊啊啊啊啊啊啊啊啊啊啊啊啊啊啊────────!!!!!」

沙沙沙！亞莉納大聲慘叫，懷中的文件滑落一地。

她連忙撿起地上的頭，按在無頭人像上。

「咦？好脆弱、咦？咦⁇⁇」

過度動搖的亞莉納試圖像拼圖一樣，不停把頭塞往人像的頸部。轉動、按壓、倒著放……但當然嵌合不進去。亞莉納的臉逐漸失去血色。

這不是一般的品味很差的人像，而是先人製作的超貴重純遺物，最重要的是，它是鬥技大賽的優勝獎品。

「得、得把頭接回去才行！」

亞莉納慌忙衝進辦公室，抱著裝有簡單的修繕道具的工具箱回來。她拿出以魔物體液製作的老舊接著劑，將其塗在缺口，勉強把頭黏了回去。

「好……好像沒問題……又好像有問題……」

幸運的是，由於斷面有如被劍術高手斬斷般平整，再加上人像表面布滿莫名其妙的花紋，所以黏接部分的裂痕並不明顯。

「…………」

怦通怦通怦通怦通。亞莉納聽著自己劇烈的心跳聲，輕輕把人像放回原本的位置。她繞到櫃檯外側，由遠至近，從不同角度觀察，確認看不看得出來。

「嗯。意外地沒問題呢。」

亞莉納安慰自己似地豎起拇指說完，鬆了一口氣，收拾散落一地的文件，若無其事地走向辦公室——

「怎麼可能沒問題啊啊啊啊啊——————!!!!」

恢復理智的亞莉納立刻抱頭大叫。

（這下、這下……！我搞砸了吧!?）

亞莉納冷汗直流，努力理解現狀。

超貴重的純遺物人像的頭，被自己弄斷了……這當然是大問題，但她已經想像到了更可怕的未來。

假如毀壞純遺物的人是自己的事被發現，所有人一定會冒出「普通的櫃檯小姐到底怎麼有辦法破壞堅不可摧的純遺物？」的致命般的疑問。一般人自然是無法徒手破壞遺物的，所以眾人當然會得出「亞莉納不是普通的櫃檯小姐」的結論。

（要是這件事……被知道了……我平穩的櫃檯小姐人生……就結束了……!!）

一陣寒意竄過背部，亞莉納頹然跪倒在地上，雙手撐著地板，眼前發黑。

被絕望支配的亞莉納，在腦中描繪最糟的未來。鬥技大賽當天，優勝的冒險者驕傲地接過純遺物人像。他肯定不會立刻變賣，而是會暫時把它擺放在家中，或炫耀給大家看吧。然後某一天，冒險者突然發現，咦？奇怪，脖子的部分好像怪怪的……？

「………………!!」

一旦知道頭部斷了，大家肯定會開始尋找犯人。這樣一來，原本放置純遺物的場所——伊富爾服務處的負責人亞莉納就涉有重嫌。應該說，根本就能直接斷定亞莉納就是犯人。那樣一來，所有人都會知道亞莉納的罪行，以及她擁有隨便彈一下純遺物的額頭，就能將其破壞的力量——

（怎麼辦怎麼辦……！）

唯一值得慶幸的，是沒人見到亞莉納的犯罪現場。假如被人目擊，亞莉納就直接被判死刑了。儘管覺得心驚膽跳，臉色發青的亞莉納還是稍微安心了一點。

——就在這時。

「嗨，亞莉納小姐，妳在這裡做什麼？」

「噫啊啊啊啊啊!!」

突然有人說話，把亞莉納嚇得渾身發直。

亞莉納回頭，見到因自己的慘叫而驚訝地眨眼的傑特。

「我是來幫忙加班的……妳怎麼坐在地上？發生了什麼事嗎？」

「什、什麼啊，原來是傑特……別嚇人啦！」

亞莉納收拾散落在地上的文件，假裝平靜地起身。我只是不小心跌倒了而已。亞莉納隨便說了個藉口，正想走進辦公室時，注意到一件事。

（對了！我記得他說白銀也會參加鬥技大賽……！）

一道微弱的希望之光，射入絕望的黑暗之中。

只要白銀得到優勝，獲得這獎品，就沒有問題了。如果是傑特他們，就算純遺物的頭斷了，應該也不會生氣。不對，保險起見，乾脆——

「……吶、吶，傑特。」

「什麼事？」

「這次的鬥技大賽，白銀也會參加對吧？如果你們拿到優勝，會怎麼處理那個獎品呢……？」

「優勝獎品嗎？這個嘛……應該是放在誰的房間當裝飾吧？畢竟不能拿來戰鬥，也沒必要特地變現平分。」

對於身為精英冒險者，坐擁高額契約金與委託成功酬勞的有錢人來說，普通冒險者夢寐以求的純遺物，也不過是點零頭小錢而已。聽到這些話，亞莉納下定決心。

「怎麼了，亞莉納小姐？妳決定來參加鬥技大賽了嗎？開玩笑的──」

「我要參加。」

亞莉納明確地說道。

「欸？」

傑特啞然地瞪大眼睛，亞莉納堅定地再次開口：

「我也要、參加、鬥技大賽!!」

亞莉納說完，氣勢洶洶地逼到傑特面前，揪住他的領子，雙眼圓睜。

「不過相對的……！如果優勝的話，把那個純遺物給我!!」

解決辦法其實很簡單。只要把斷了頭的優勝獎品弄到手就行了。

（這樣一來，我犯的錯誤跟誇張的力量就不會被揭穿了。完美……！這作戰太完美了……！）

亞莉納嘴角上揚，露出壞人般的笑容。

「那、那是無所謂啦……咦？妳真的要參加嗎!?」

「怎麼樣你有意見嗎？」

「不，沒有，可是妳之前不是對鬥技大賽興趣缺缺嗎？為什麼又突然想參加……？」

傑特仍難以相信似地發問，亞莉納別過臉，狼狽地回答：

「……沒什麼，我只是想要那個優勝的獎品而已。」

「想要那個優勝獎品!?」

傑特馬上露出被雷打到般的表情。

「曾經說除了準時下班之外，沒有其他想要的東西的亞莉納小姐，想要那個優勝獎品!?」

傑特驚詫地打量起放在櫃檯上的優勝獎品。

「什麼……這奇怪的雕像，有什麼吸引人的地方嗎……!?因為值錢？還是造型？顏色……!?」

「嗚哇啊啊啊啊啊啊!!不要一直看啦啊啊啊啊啊！！！」

斷掉的頸部只以接著劑黏起的優勝獎品被仔細觀察，亞莉納忍不住從旁毆打傑特的臉。

「嗚噗！」

「有什麼關係！我就是喜歡那種東西嘛！」

亞莉納不由得惱羞地大叫。原來她喜歡那種奇怪的東西嗎……傑特像是理解了什麼衝擊般的事實，不甘心地皺著眉，握緊拳頭。

「嗚……！我居然如此大意，明明一直看著亞莉納小姐，卻完全沒發現妳的喜好。不過的確，那種莫名其妙的雕像在市面上很少見呢，會在意也是當然的……」

雖然傑特似乎對亞莉納的喜好產生了某種誤解，但總之這樣一來，人像斷頭的事就能蒙混過去了。幸好這傢伙是笨蛋，亞莉納暗自放心，大大地鬆了口氣。

「如果你們還沒決定好前衛的話，這樣不是很剛好嗎？」

「確實是那樣沒錯啦。不過，既然妳想要優勝獎品，就早點說嘛。我還以為妳是因為不小心弄壞獎品，為了湮滅證據才想得到它呢。」

抖————！！！！

傑特過於銳利的直覺，使亞莉納全身一顫。

「你……你——在說什麼啊？怎麼可能有那種事呢？」

亞莉納拔高聲音說著，一面流著冷汗，一面強行勾起嘴角。

「……嗯？說起來這個獎品的脖子好像……」

「傑特。」

亞莉納輕柔地握住即將碰觸到不可被知道的真相的傑特之手。

瞬間，劈嘰劈嘰劈嘰！骨頭擠壓的聲音，響遍伊富爾服務處。

「好痛痛痛痛痛痛！」

傑特慘叫起來。亞莉納看著因疼痛而淚眼汪汪地回望自己的傑特，露出聖母般溫柔祥和的微笑。

「你不是來幫忙加班的嗎？那就快點開始吧？好不好？……吶？？」

「………………」

那笑容中深藏的可怕壓力，使傑特只能撫著腫起來的手，「喔、喔……」地回道。

8

「……亞莉納小姐。」

於是兩人開始加班，時間來到深夜。坐在旁邊的傑特忽然對亞莉納搭話。

「……什麼事……」

亞莉納茫然地抬頭，發現傑特不知為何正以擔心的眼神看著自己。

「要不要休息一下呢？」

「休息……？」

亞莉納愣愣地複述傑特的話，抬眼看向牆上的時鐘。指針已經跨過深夜零時，亞莉納的專

注力的確也快到極限了。但悠哉地休息的話，就永遠回不了家。

「……休息的話工作會做不完……我還可以繼續……」

「可是妳看這裡。」

傑特欲言又止地指著某份文件。那是亞莉納不久前才剛處理過的文件。亞莉納處理完文件後，交給傑特檢查內容，以這樣的方式避免疏失。

「怎麼了……有什麼失誤嗎？」

「妳在上面寫了『我好累你們都去死』哦。」

「……」

「……」

亞莉納接過文件一看，上面確實有一行以蚯蚓般歪歪扭扭，必須仔細辨認才勉強看得出文字的潦草筆跡寫出的心聲。

「休息一下吧，亞莉納小姐。」

「呵……我居然不小心寫了真心話……真沒辦法……」

亞莉納兩眼無神地喃喃說著，從桌前站起。那我去呼吸一下外頭的空氣，她說完，搖搖晃晃地走向更衣室。

最近的深夜很冷，亞莉納想披件衣服再出門。她打開置物櫃，在腦袋停止思考的情況下，以平常的習慣動作拿出外套披上，換上外出鞋、戴上面具——

咦？亞莉納停下動作。之前買整箱放在置物櫃的加班良伴魔法藥水，已經所剩不多了。

「傑特……我順便去買些魔法藥水……」

亞莉納僅以聲音向傑特告知，便離開伊富爾服務處，朝平常購買魔法藥水的雜貨店前進。

那是伊富爾中少數會開到深夜的雜貨店。店裡賣的是以冒險者為對象的各種消耗品。挑戰迷宮前，冒險者們都會在這裡備齊魔法藥水、攜帶糧食等必要道具後，再出發前往迷宮。

雜貨店的燈光一如往常地從窗戶透出。亞莉納單手拿著錢包，沒有任何遲疑地走進店裡。

——可是，此時亞莉納沒有注意到。

她以因過度疲勞而停止運轉的腦袋，恍惚地換裝後的姿態……其實完全是處刑人的打扮這件事——

9

叮鈴——門鈴在深夜響起，雜貨店老闆從報紙中抬頭。

「歡迎光臨！為了響應『大草原任務』，本店今天會特別營業到天亮哦。想前往阿爾塔農的話，最好在本店買齊——」

這是老闆最近說慣了的招呼詞。

可是說到一半，看清楚深夜走入店裡的客人身影後，老闆錯愕地忘了言語。

那客人身上籠罩著濃濃的疲勞，看起來毫無生氣，氣場有如幽靈一般。那人穿著似乎在哪見過的外套，帽兜拉得極低，見不到五官。

「處、處、處……!?」

——毫無預兆地闖入店裡的，是經常被報紙報導的處刑人。

老闆踢翻椅子起身，瞪大眼睛，結巴的口中只說得出「處」一個字。就算被錯愕過頭的老闆顫抖地指著，唐突到來的客人——處刑人仍然一直低著頭。

那模樣，與傳說中立下各種驚人戰績的人物差了太多。

在報紙上見到的，是威風凜凜地揮動巨大銀色戰鎚(War Hammer)的身影。那道所向披靡的英姿，彷彿不論是超巨大的岩石巨魔像或巨大迷宮，在他眼中都不算敵人。

可是現在的處刑人，完全沒有那種氣勢。他看起來極為疲憊，腳步也很虛浮。雖然不像受了重傷，可是感覺起來就像被雨淋溼的野貓似的。令人聯想到每天疲於工作，對將來感到絕望的冒險者——

「喂……喂……你怎麼了!?」

常被說很有人情味的老闆，不禁擔心起如此憔悴的處刑人的身體狀況。

「你是被強大的魔物追趕了嗎？該不會是最近最熱門的阿爾塔農大草原——」

「魔法藥水。」

處刑人小聲打斷老闆的話。「咦？」老闆正感到訝異時，處刑人已經以流暢的動作拿出錢了。而且剛好是這間雜貨店一箱份的魔法藥水金額，不知是從哪裡知道的。

「我要買魔法藥水。」

「你要買魔法藥水⁉」

「買一箱。」

「買一箱⁉⁉」

（那個處刑人，要買一整箱的魔法藥水⁉）

老闆臉色蒼白地呆立原地。

在這個年頭，對冒險者來說，魔法藥水已經不是重要道具了，不會在冒險時攜帶太多。一方面是因為有補師(Healer)，而且能攜帶的數量也有限。曾經有過光靠補師也無法完全治療的時代，當時的冒險者會在大袋子中裝滿魔法藥水，前去冒險，但那已經是很久很久以前的事了。

在現代，會買一整箱魔法藥水的人……就老闆所知，只有兩種人。

一種是迷信魔法藥水有提神效果，像笨蛋一樣掃貨囤積的普通人，另一種則是——

（為了進行、殲滅戰……!!）

老闆打了個冷顫。

殲滅戰。那是將遊蕩於迷宮內的所有魔物除盡的自殺行為。

想清除迷宮中所有魔物，唯一的方法，就是花時間打倒所有守層頭目後，等魔物們慢慢散去。想一鼓作氣地闖入迷宮，在短時間內驅除所有魔物，是不可能的事。

——可是，世界上有些人無法忍受這種等待失去頭目的魔物自行散去的溫吞手法。

那就是被魔物殺死重要的人、因此被憎恨附身，即使賭上自己生命，也要向魔物報仇雪恨的冒險者。

老闆的開店生涯中，曾經見過幾名那樣的冒險者。從那些人身上感受不出悲壯，只會覺得他們最近一直鑽牛角尖，走不出來。卻在某一天，他們的表情會突然變得很清爽，笑著說自己想再次挑戰迷宮，買下多到不尋常的魔法藥水。

然後，那些人再也沒有回來。

「…………!!!!」

老闆握緊打算裝箱的魔法藥水。沒錯，老闆很清楚。打算進行殲滅戰的傢伙，並非真心想驅除所有魔物。

而是想死。

只是無法忍受活著的痛苦，所以尋找自己死亡的場所罷了。

（沒想到，連那個處刑人，都想進行殲滅戰……!?）

無能為力的懊惱湧上老闆的心頭。

（從聲音聽來，明明還很年輕……！連你也想白白送死嗎……!?人生還長得很，你明明還有大好的將來……！）

老闆握緊發抖的手，回頭看向處刑人。必須阻止他才行。身為年長者，必須阻止前途無量的年輕人送死才行。

老闆賭上自己的商人精神，努力擠出笑容。

「唷、唷，小兄弟……你買那麼多魔法藥水，想做什麼呢……？用不著買那麼多吧？三瓶不夠嗎？」

「三瓶不夠。沒有這個，就無法撐過漫漫長夜的戰鬥。」

果然是為了進行殲滅戰嗎……!!

老闆在心中確信。果然是這樣。至今為止，處刑人之所以總是獨自去打倒迷宮頭目，特地挑選攻略不下的高難度迷宮，都是為了追著已經失去的同伴，離開這世界……

（因為太強了，就連尋死都無法達成嗎？啊啊，神啊！您真是太殘酷了！）

像這樣在近距離看著處刑人，就會覺得他身形特別嬌小。身高頂多只到老闆至今曾見過的高壯冒險者們的背部吧。聲音也很中性，雌雄莫辨，彷彿變聲期前的少年。

「小兄弟！」

老闆忍不住以雙手捉住處刑人纖細的肩膀。

「我明白你的痛苦。可是，可是就算你那麼做，你的同伴們也不會開心的！」

「……？不，這些全是我一個人要喝的。」

「一個人！！！！！！！！」

啊啊。啊啊……！

老闆一面向神明禱告，同時對自己感到羞恥。

不論發生什麼事，都打算一個人赴死。這樣的覺悟，不容許被區區的同情心玷汙。

這麼多年來，老闆接待過數不清的冒險者。來向他買道具的許多冒險者中，也有再也沒有回來的人。但如果因此認為那些人很可憐，以那種膚淺的感情看待他們，是對死去的男子漢們的冒瀆。

假如現在不推這傢伙一把，我今後還能抬頭挺胸地賣魔法藥水嗎!?不能!!

「小兄弟……我已經明白你的覺悟了……！拿去吧……!!!!咕……嗚……」

「欸……你在哭什麼……」

老闆無視處刑人的驚訝，砰的一聲，把裝滿魔法藥水的木箱放在桌上，肩膀顫抖不已。身為一個大男人，這樣實在丟臉，可是淚水停不下來……

「咦？多了三瓶……」

「這是多送的，你就拿去吧。」

老闆轉身背對處刑人，朝自己身後豎起拇指。

「我絕對不會嘲笑你的生活方式，也不會覺得你可憐的……你就盡情宣洩，無悔地消散吧……！」

「……哦……」

叮鈴——鈴聲安靜下來時，處刑人的氣息也消失了。老闆跪倒在只有自己一人的店裡。

「處刑人……！我一定、不會忘記你的……！」

老闆以袖子拭淚，在宣傳商品用的大木板上，寫起大大的文字。

10

「真是的，幸好沒出大事。」

隔天晚上，伊富爾服務處的辦公室裡，傑特對身旁看著報紙僵住的亞莉納苦笑道。

亞莉納茫然地看著報紙。紙面上刊載了某間雜貨店的照片。問題在於，立在店門口的木牌。

木牌上大大地寫著『處刑人光臨選購魔法藥水的店!!』。

至於報導的內容，是昨天深夜幾則處刑人目擊消息的匯整。有好幾人見到處刑人如死人般在夜晚的路上遊蕩，或是寂寞地與野貓聊天。

由於這篇早報上的報導，大都市伊富爾今天一整天都陷入了混亂。應該說，見到這篇報導的冒險者們慌忙地在城裡到處尋找處刑人的身影。

——為了挖角處刑人加入自己隊伍，參加鬥技大賽。

之所以發生那麼多事，都是因為昨晚亞莉納太過疲勞，不小心穿成處刑人的衣服，就那樣去買魔法藥水的緣故。

「我……完全……沒有印象……」

亞莉納錯愕地自語。昨晚實在太累了，她完全想不起任何事。

「……是說亞莉納小姐，妳一直把處刑人的衣服放在職場的更衣室裡嗎……？」

這樣太不小心了吧？亞莉納避開傑特如此訴說的眼神，辯解起來：

「沒、沒辦法嘛，這樣比較方便啊——再說因為這場騷動，今天的窗口變得很清閒，工作進度也因此補起很多，就結果而言算一切圓滿吧？」

「……總、總之，妳明天總算能休假了吧？明天是休息日對吧。」

「怎麼可能……」

亞莉納垂頭喪氣地回道。明天是伊富爾服務處的休息日，亞莉納與其他櫃檯小姐全都能休假一天——理論上是這樣，可是工作堆積如山的現在，當然不可能真的休假，亞莉納也準備好明天要工作一整天了。

「……是……是這樣啊……該怎麼說呢……辛苦妳了……」

「沒關係……反正假日的職場，和天堂一樣……」

亞莉納強行勾起嘴角，努力擠出正向的發言。

「畢竟不必做櫃檯業務……不需要應付那些聽不懂人話的混帳冒險者，也不必在乎上司或前輩們的目光，可以一個人自在地使用辦公室，一整天專注於自己的工作，假日出勤，簡直就是天堂——……」

說到一半，亞莉納突然回神，注意到自己脫口說出了什麼。

「嗚哇啊啊啊啊啊！我剛才說了假日出勤是天堂!?」

「咦？是、是啊，妳的確那麼說了……」

儘管不明白亞莉納為什麼突然大叫，傑特還是點頭肯定了。

「說出『加班和假日出勤工作進度才快，真是太棒了』之類的話，就完蛋了哦……是末期症狀哦！因為那是在不知不覺中，把工作順位擺在個人生活品質之前的證據……！？亞莉納・可洛瓦，妳可以接受這種事嗎？當然不行！快點清醒！被剝奪假日和準時下班一點都不棒啊啊

啊!!!!」

「……」

亞莉納正抱頭慘叫，沒想到傑特又在傷口上灑鹽：

「……亞莉納小姐，我明天沒辦法來幫妳。」

「咦————」

時間靜止了。

幾秒之間，亞莉納全身發直，露出像是被拋棄的小貓般絕望的表情。但她很快地又裝出無所謂的樣子，誇張地聳肩。

「哦，哦哦哦哦哦是這樣啊。沒什麼啊？我又不是什麼惡鬼，連假日來上班也要你幫忙一整天？我完全沒有那種想法哦？就算、我只有一個人……也沒有問題啊……」

亞莉納逞強地說著，可是聲音有氣無力，整個人就像要化為沙一樣，灰心喪志地準備隨風而去。傑特連忙解釋：

「雖然說不能來幫忙，不過只有白天。晚上應該還是可以來。」

「晚上會來嗎！」

亞莉納的表情一下子亮了起來。

當然，陪亞莉納加班不是傑特的義務，那麼做對傑特也沒有任何好處。所以亞莉納也沒有傲慢到認為不僅平常日，連假日上班都得要傑特來幫忙一整天。

雖然沒有那麼想，可是心裡某處，亞莉納還是稍微期待了一下，若能借助這傢伙的文書處理能力一整天，工作進度就能加快許多。她只是稍微想了一下……不，其實是非常希望。

「如果沒事，我當然很樂意陪妳一整天……但臨時有工作進來……」

傑特痛苦地皺眉，打從心底感到懊惱似地咬牙，緊握著拳頭顫抖不已，表達心中的悔恨：

「在休息日安靜的辦公室裡，與亞莉納小姐獨處一整天……！根本和念書約會一樣……！居然讓這樣的大好機會溜走……阻擋人家戀情的工作……太可恨了……！」

「是說，原來你有在好好工作啊。」

「亞莉納小姐，妳把我當成什麼了……？」

「每天除了跟蹤之外什麼事都沒幹的人。」

「…………」

亞莉納無視傑特有話想說的眼神，開始工作。

11

一陣輕飄飄的感覺後，傑特等人走出傳送裝置，站在柔軟的草地上。

放眼望去是無盡的翠綠，以及遼闊的青空。遠方有山巒，除了貫穿草原的古老幹道與偶爾可見的裸露岩塊，沒有任何遮蔽物，是令人心曠神怡的景色。

「阿爾塔農大草原還真大啊。」

「風景好美！」

一起傳送過來的勞與露露莉以悠哉的語氣說著。這兒是與冒險者無緣的場所，平時的話，只見得到商隊在古幹道上緩緩前進。可是如今，除了傑特一行人，還有數名冒險者的身影。

當然，《白銀之劍》不是來玩的，是來工作的。

「是說，這個任務非我們做不可嗎？」

勞走在老舊的幹道上，以不怎麼服氣的語氣嘟噥：

「出現的頂多只有B級迷宮頭目等級的魔物，不需要我們出馬吧？」

「如果只是為了打倒魔物，確實沒有必要。但我們要做的，是找出魔物出現的原因。」

兩週前，冒險者公會發布了一個奇妙的委託，就是「討伐阿爾塔農大草原上的魔物」。

以常理來說只會出現在迷宮中的魔物，接連出現在沒有迷宮的阿爾塔農大草原上。討伐那些魔物，就是完成任務的條件。

雖然那些魔物的危險度不高，可是出現的原因不明。由於直到鬥技大賽開始為止，沒有什麼事可以做，因此有不少冒險者接了討伐大草原魔物的委託。

傑特環視著恬靜的草原風景。實際來到這裡之後，他完全沒有感受到乙太的氣息。

「一般而言，魔物不會聚集在沒有乙太的場所，更何況還有頭目等級的魔物。就算只是B級，但畢竟是能在迷宮的地盤爭奪戰中獲勝的魔物，出現在這樣的地方太奇怪了。起初公會以為只是偶發的情況所以沒有留心，可是魔物長期持續著異常出沒的情況……不過對要參賽的冒險者來說，可以作為大賽前的暖身運動，他們應該很高興就是了。」

「永恆之森不也是這樣嗎？」

露露莉歪著頭。

「那裡也是明明沒有迷宮，卻一直有魔物出現。」

「我也想過，可是不一樣。」

照理來說，乙太只會出現在先人建造的建築物——迷宮裡。

但也有例外的情況，就是名為永恆之森的「C級迷宮」。永恆之森如同其名，並不是建築物，而是森林，可是卻有微量的乙太，吸引討伐難度低的魔物聚集。後來才知道，其實是因為永恆之森內有隱藏迷宮，迷宮中的乙太外洩，森林裡才會出現稀薄的乙太。

「可是這裡完全沒有乙太的氣息，沒有任何能吸引魔物聚集的因素……」

「唔嗯嗯……」

露露莉皺著眉頭，將雙手交叉在胸前苦思。

「總之就是因為這樣，公會才會派白銀過來。我們的任務是討伐大草原上的魔物，同時調查魔物異常出現的原因……話雖這麼說，草原這麼大，要找出原因應該很花時間……」

傑特說到一半，突然停下腳步。

「隊長？怎麼了？」

「……有慘叫聲。」

露露莉與勞心中一凜。他們知道傑特的視力與聽覺極為靈敏，就算沒有發動技能，也擁有超越常人的能力。

「好像有隊伍在戰鬥……這邊。」

傑特說著，朝慘叫聲傳來的方向跑了起來。

12

「……這是……！」

傑特一行人抵達時，現場已經成為戰場了。

許多黑色的獸影正團團圍住冒險者們組成的聯合隊伍。

漆黑的毛皮、猙獰的紅瞳，能確實撕裂獵物的雙重利爪，又大又尖的獠牙與長舌垂在嘴邊。

是小型的四足魔獸，黑魔狼。

「救、救命啊！」

發現傑特等人到來，冒險者拔高聲音求救。被一大群黑魔狼包圍，他們似乎連逃跑都做不到。

地面已經躺著數名傷者了。雖然補師們努力治療，可是從那些人沒有好轉的樣子看來，應該是受了重傷吧。

「狼群的規模太大了吧。」

勞嘀咕著。黑魔狼這種魔物，只有一隻時威脅性不高，但如果出現一大群，就連一流的冒險者都有可能喪命。假如在迷宮遇見黑魔狼，必須搶在牠呼喚同伴前將其擊斃才行。但眼前的狀況，已經太遲了。

傑特迅速地把握狀況，拔劍出鞘，舉起大盾牌。

「勞，你可以嗎？我要聚集了哦。」

「可以哦。交給我吧。」

聽到勞的回答，傑特把劍插在地面，詠唱起幻覺魔法。

「魔惑光！」

以劍為起點放出的最大輸出魔法光，包圍了黑魔狼群。那是影響對象的意識，強行吸引魔物的敵視的盾兵專用魔法。原本包圍冒險者們的黑魔狼群的紅眼，全部看向了傑特。

「他打算吸走所有的敵視!?」

冒險者中的盾兵見到傑特的舉動，不但不感到欣喜，反而臉色慘白地大叫。

「吸引範圍太大了！你『聚集』過頭了，傑特‧史庫雷德！」

那冒險者說的很正確。

以魔法強行吸引魔物的敵視並不是難事。所以盾兵必須注意的是魔惑光的發動範圍——不過度吸引魔物的敵視。

吸走敵視的話，魔物們當然會大舉攻擊盾兵。屆時，假如隊伍的攻擊手無法及時消滅那些魔物，或是盾兵吸引了多到無法承受的魔物，那麼使用魔惑光，就只是愚蠢的自殺行為。

「就算你是白銀，這麼做也太有勇無——」

打斷那臉色鐵青的冒險者的，是勞的詠唱。

「火焰球！」

一顆壓縮過的黑魔法火球，咻地飛往黑魔狼群的上空。當然，若要燒盡數量眾多的黑魔狼，那攻擊的火力完全不夠。可是——

「發動技能，〈永增的愚者〉！」

勞對放出去的火焰球施展超域技能。原本不大的火球，一被技能的紅色光芒照射到，立刻出現驚人的變化。

啵啵啵啵！原本只有一顆的火球，隨著聲響複製為好幾個。那氣勢絲毫不減，火焰球不斷地增加。最後原本的小火球大大地膨脹、翻騰，成為幾乎要突破天際的巨大火柱。

「這是……什麼啊……!?」

沐浴在火柱捲起的熱風中，冒險者們錯愕的聲音重合。因為這麼大規模的現象，明顯超越了魔法能做到的領域。

無數火焰球融合而成的火柱，在轉眼之間吞噬了所有黑魔狼。眩目的光與熾烈的灼熱，不放過任何黑色魔物，將其全數化為灰燼。

「狼群被燒光了……等一下？喂、喂！」

原本啞然地仰望著擎天火柱的冒險者們，漸漸緊張了起來。

因為，即使消滅了黑魔狼群，火柱仍然不斷變大，沒有消失的跡象。冒險者們連忙後退，拉開距離。

「火勢還在變大哦!?你連我們都想燒嗎!?」

「我知道啦……！」

勞臉色嚴峻地說著，用力揮動魔杖（Rod）。火柱彷彿不願順從勞想結束的意志，扭動亂竄，燃燒得更劇烈了。火柱在將黑魔狼燒得連灰燼都不剩、將地面化為焦炭，再也沒有其他東西能燃燒後，總算消失了。

「這……這是什麼技能啊……」

根本是脫韁之馬嘛——剛才的盾兵看著燒得焦黑的大地，喃喃自語。他腿軟地坐在地上，以難以置信的眼神看著勞。

「勞，你還好嗎？」

「我沒事。哎——這技能還是一樣不聽話呢……〈永增的愚者〉。」

勞的超域技能〈永增的愚者〉，是能複製「現象本身」上千、上萬次的技能。

雖然〈永增的愚者〉無法對物體或技能起作用，但是與能引發自然現象的魔法相當合得來。被無限增幅的魔法，威力強到能瞬間吞噬所有敵人。

但另一方面，一旦現象開始增殖，就連施展技能的術者都難以控制。

「要是你的技能也能在迷宮裡使用就好了。」

傑特感慨地說著，勞的視線撇向遠方。

「……強大的技能必須有制約嘛。剛才的已經壓抑大半火力了喔？」

由於勞的技能極難控制，在狹窄的迷宮中使用的話，連同伴都有可能被波及。所以他能使用技能的場所「只限室外」。

「總之，空地的大掃除就交給我吧。這次我可是很努力了哦。」

勞擦了擦流到下巴的汗水，喘了口氣。傑特確認沒有其他黑魔狼後，請露露莉幫傷者做治療。

「話說回來，規模那麼大的狼群，是從哪裡移動過來的？這附近明明沒有大型迷宮……」

說到一半，傑特忽然發現眼角餘光處有什麼在發亮，因此停下了話語。

「隊長，怎麼了？」

「好像有什麼東西。」

只有沙土與岩石的大地上，應該沒有能反射白天陽光的物體。傑特探索著周圍，最後在一塊比他高約一倍的巨岩下方發現一顆礦石。

「這是——」

那是六角柱狀的綠色水晶。約巴掌大小，看起來像是傳送用水晶的縮小版。

「水晶？」

「這裡怎麼會有水晶？」

露露莉與勞正感到不解時，嗡！水晶響起低沉的聲響，同時微微發光。

「！」

傑特倏地舉起盾牌，擋在兩人前方。光芒過後，一道身影從那奇妙的水晶中出現。

那是不久前才見過的四足魔獸，黑魔狼。

「黑魔狼!?」

傑特因突然出現的魔物而動搖了一瞬，但又立刻回神拔劍，吸引黑魔狼的敵視。

「鳥喙冰（Glacies）！」

勞也立刻使出冰魔法，先下手為強地把黑魔狼凍成冰塊。雖然說只要不是大規模的狼群，就不需要使用技能，不過問題在於那顆水晶。

「魔物是從那水晶中出現的嗎！」

「隊長，可以破壞它嗎!?」

傑特瞬間猶豫了起來。放著不管的話，魔物應該會繼續從那顆水晶中出現吧。可是，從水晶出現魔物是前所未有的現象。既然白銀的任務是調查魔物異常出現的原因，就不該破壞那個水晶，應該把它帶回公會總部。

（以冰系魔法將其封印嗎……？但那麼做不一定能封住水晶。）

重點是傑特不知道那水晶的來歷。把那種來路不明的東西帶回城裡或公會總部，實在太危險了。話雖如此，若要把公會的研究人員叫來現場，這裡離傳送裝置又太遠。

嗡！綠色的水晶再次發出聲響。見水晶開始發光的瞬間，傑特做出決定。

「在這裡破壞它吧。」

一聽到傑特的決定，勞立刻向水晶揮動魔杖。

「鳥喙冰！」

飛來的碎冰立刻擊中綠水晶，將其包覆起來。最後，封住水晶的巨大冰塊發出聲音，與水晶一起化為粉碎。

「……沒有魔物了。」

確認周圍沒有魔物的氣息後，傑特收起了盾牌。他撿起散落的綠水晶碎片，皺起眉頭。

「剛才那魔物的出現方式……」

「好像在哪見過呢……應該說，有種常常見到的感覺。」

勞也感到在意，露出困惑的表情。

「常常見到的感覺？」

露露莉感到不解，傑特回答道：

「和我們使用傳送裝置時的出現方法一樣。」

啊！露露莉總算意會過來，驚訝地睜大眼睛。

「的、的確很像呢……」

主要設置在城市或建築物中的六角形柱狀藍水晶。那是以遺物為基礎，模仿先人們的技術製作的瞬間移動裝置。只要有傳送裝置，就能在轉眼之間前往任何地點。對經常往來於迷宮與城市之間的冒險者來說，是非常方便好用的移動工具，如今也成為一般人主要的移動手段。

震動空氣般的輕微聲響與光芒。那出現方式，的確與使用傳送裝置移動過來的人完全一樣。

「可是，公會製作的傳送裝置，應該都調整成無法傳送魔物了才對……」

將傳送裝置實用化時，當然考慮了魔物誤觸迷宮周圍的傳送裝置，移動來城市的危險性。公會所採用的應對系統，就是以冒險者執照識別移動對象的資格。

雖然城市與城市之間的傳送裝置不需要，但是前往迷宮的傳送裝置，設計成必須持有冒險者執照才能啟動，以這樣的方式確保安全性。

「如果那真的是傳送裝置，就是我們沒有見過的類型了。和地牢用的傳送裝置也不同……」

「……無論如何，我們已經明白這片草原異常出現魔物的原因了。」

儘管覺得難以釋懷，傑特還是撿起了幾片水晶的碎片，站起身來。

「接下來的事就交給公會的研究人員吧。榭麗八成會開心到跳起來吧。」

「哎，是啊——而且還會不講理地發脾氣說為什麼要破壞水晶吧。」

勞嘟噥著，三人沿著老舊的幹道，踏上回程。

13

「啊啊～累死了～」

亞莉納趴在桌上。

早上晴朗的陽光，從窗口灑入伊富爾服務處的辦公室。雖然外頭傳來熱鬧的喧囂，但辦公室內相當安靜。

這也是當然的。因為今天是伊富爾服務處的休息日，所有櫃檯小姐都沒有來上班。

「唉，才開始不到一個小時嗎……」

亞莉納以絕望的表情看著時鐘，再看向堆積如山的文件。

「多到不行……」

亞莉納的桌子周圍排放著分別以潦草的文字寫著「已處理」、「已檢查」、「未檢查」的木箱，其中放滿文件。亞莉納凝視了那些氣勢驚人的文件半晌，拍了拍自己的臉頰。

「不過這些已經是最後衝刺了，還是來幹活吧。傑特，你把那些文件——」

亞莉納說著，看向隔壁傑特平時使用的辦公桌，發現沒人在後住了口。

「對了，他今天不在。」

亞莉納想起傑特說臨時有工作的事。我真是累過頭了，亞莉納心想，輕嘆了口氣，默默工作起來。

可是過沒多久，亞莉納又放下了羽毛筆。總覺得今天難以專心。是因為平常總是在身邊的傢伙不在嗎？不對，說到底傑特坐在自己身邊才奇怪。那傢伙既不是櫃檯小姐，也不是服務處的員工，而是冒險者。

「……」

亞莉納側耳傾聽城中隱隱傳來的喧囂。相比之下，辦公室中極為寂靜，令人覺得有點懷念。

「這麼說來，好久沒有一個人加班了。雖然今天不是加班，是假日上班……」

亞莉納自言自語著。

傑特來幫忙加班，已經變得理所當然了，亞莉納很久沒有這種感覺了。但是為什麼呢？明明以前還覺得一個人工作比較清靜——

「少、少了一個貴重的戰力，當然會感慨嘛。」

亞莉納如此說服自己，再次面對文件。

傑特一行人回到公會總部時，天空已經完全染上橙紅色了。

把綠水晶的碎片交給研究人員後，只要再做一件事，就能去幫亞莉納了。傑特加快腳步，來到公會會長辦公室前。他輕輕敲了敲門，正想走進時——

門內突然傳來尖銳的聲音。

「我反對！」

那是一道很有英氣的女性聲音，聽得出來十分憤怒。傑特吃了一驚，下意識停下腳步，罕見的光景映入他眼裡。

辦公桌上是堆積如山的文件，公會會長葛倫正在與那些文件纏鬥。而一名女性正把身子向前探出，將臉逼近葛倫——是祕書菲莉。

剛才的怒叱聲就是菲莉發出的。她也兼任葛倫的護衛，總是沉著冷靜，感情從不外露。傑特從來沒見過她這個模樣。

傑特驚訝到連連眨眼，而發現傑特的菲莉大步朝他走近，以帶著強烈怒氣的眼神看著他。

「傑特，你也說說這個聽不懂人話的頑固臭老頭！」

「臭老……!?菲莉妳怎麼了？妳真的是菲莉嗎……？」

「啊——傑特，不好意思，把你捲進來了。」

冒險者公會會長・葛倫露出困擾的表情，苦笑著搔頭。

他的肌膚黝黑，臉上有不少皺紋，顯得充滿威嚴，健壯的身材不輸年輕冒險者。一個月前，公會總部地下樓層的那件事後，傑特曾到治療院見葛倫。當時，躺在病床上的他相當憔悴，但現在已經完全沒有那種感覺了。

只是，葛倫的左肩以下是空的。

因為在先前的事件中，他利用魔神核讓自己成為魔神。為了除去埋入體內的魔神核，葛倫失去了左臂。

「其實是我強迫治癒師讓我提早出院的。在那之後，菲莉就一直這個樣子。」

「所以傷勢其實還沒完全好嗎……!?」

「你不也常這樣嗎？傑特。」

「請老頭子別把自己和年輕的傑特相提並論。您以為您們兩人差了多少歲？」

「…………」

那過於毒辣的指謫，使葛倫一下子說不出話。他裝模作樣地咳嗽著，掩飾內心受的傷，窺伺臉色似地看著菲莉。

「……菲莉，雖然我明白妳的心情，可是我已經決定了。就算妳說我是頑固臭老頭，我也會去。」

「正因為您這麼想，我才會說您是頑固臭老頭。在只剩一條手臂的情況下，一個人前往那種明擺著很危險的地方……！我絕對不能接受！」

「等一下等一下，到底怎麼了？危險的地方是指哪裡？」

由菲莉的怒氣，可見這件事非比尋常。雖然傑特只是來報告阿爾塔農大草原的調查成果，但還是忍不住當起仲裁人。

「……啊——這個，沒有啦……」

葛倫難以啟齒地支吾起來。但是在交互看著盛怒的菲莉與困惑的傑特後，他認命似地揉著眉心。

「……也是。我本來就打算告訴你了。還是照順序說明吧。」

葛倫深深靠躺在椅背上，長長地呼出一口氣後，開口道：

「提早出院後，我立刻調查起祕密任務的事。因為有個部分我很在意。」

「……祕密任務嗎？」

祕密任務。不知從什麼時候開始，在冒險者之間流傳起來的，不存在的虛幻任務。

但那並非單純的謠言，而是真實存在的任務。與一般的委託書不同，那是由金色文字顯現的委託，會出現在各種場所。接下委託後，就會出現潛藏了本體的隱藏迷宮。

感覺就像尋寶似的，但真相完全不如尋寶浪漫。隱藏迷宮內沉睡著殘忍的「魔神」，假如在一無所知的情況下踏入迷宮，就會馬上成為魔神的食物——是如此危險的任務。

「可是事到如今，還有你很在意的部分嗎？十五年來，你不是一直在調查祕密任務嗎？」

十五年前，葛倫就任為冒險者公會會長後，應該就為了尋找魔神，一直在調查不為人知的祕密任務的事了。事到如今，還有其他能調查的事嗎？傑特感到不解。葛倫輕輕點頭：

「沒錯。十五年來，我用盡各種手段，調查祕密任務的事。正是因此，我才會覺得不對勁……從白堊之塔開始，不到幾個月的短時間內，發現太多祕密任務了。」

傑特會意地睜大眼睛。

「……這麼說起來，的確是這樣……」

第一個隱藏迷宮「白堊之塔」，是亞莉納偶然破壞了被魔物吞下的遺物而出現的；至於第二個「永恆之森」，則是被情報公會發現，賣給葛倫的。在那之前，沒有任何文獻中存在著與祕密任務相關的記載，就只是單純的謠言而已，卻在短時間內發現兩個祕密任務，順利過頭了。

「雖然這樣破壞了規矩……我向情報公會買了他們是如何入手永恆之森的祕密任務的相關情報——似乎是有一天，刻有祕密任務的書被放在情報公會的總部。」

「……有人故意那麼做……？」

「這件事很奇妙。不是把書賣給情報公會，而是直接放在公會，就像巴不得情報公會快點發現似的……可是線索查到這裡就斷了。雖然情報公會也一直在找把祕密任務放在他們那裡的人，但完全查不出任何蛛絲馬跡。」

「原來如此……」傑特將雙手交叉在胸前，皺起眉頭。「可是，這和菲莉生氣有什麼關係？」

「……雖然說線索斷了，但其實我有一點頭緒。」

「一點頭緒？」

葛倫沉默下來，猶豫了一會兒後，緩慢而沉重地開口：

「就是第四代的【大賢者】。」

「【大賢者】？四聖之一的……」

很久以前，這片赫爾迦西亞大陸還是魔物橫行的危險地帶時，有四名勇敢的冒險者飄洋過海來到這裡。

他們討伐魔物，奠定了人類在這片土地生活的基礎。之後整合陸續來到赫爾迦西亞大陸的冒險者們，建立了冒險者公會的根幹。而繼承了他們血脈的後代，被稱為【四聖】。

有四聖血統的人被視為神聖者。雖然他們不直接參與政務，但仍以赫爾迦西亞大陸之王的身分，看顧著這片土地的歷史。如今，四聖已經傳到了第四代，可是有一個問題。

十幾年前的某一天，四聖之一的【大賢者】突然失蹤了。

「【大賢者】失蹤，是我成為公會會長、開始調查祕密任務後不久的事。就在我想向四聖打探相關的事時，他就失蹤了。那個失蹤的時機，一直讓我很在意。」

「……也就是說，【大賢者】可能知道些什麼……？」

「有可能。【大賢者】是一位相當聰明的大人。說不定是察覺了我的動向，所以先行消失了。」

葛倫嘆了口氣，安靜地道：

「所以，我想找出失蹤的【大賢者】。【大賢者】也是記錄這片大陸歷史的史書・四聖書（Libri）的編纂者，說不定知道什麼與魔神有關的事。」

「但至今就算冒險者公會傾全力尋找，也仍然找不到【大賢者】。你要怎麼找出連是死是活都不知道的人呢……？」

「……我想透過『闇之公會』的情報網找人。」

「闇之公會!?」

葛倫說出的名詞讓傑特瞪大眼睛，片刻說不出話。他總算明白葛倫打算做什麼，以及菲莉為什麼會生那麼大的氣的原因了。

「難道說……你打算親自前往闇之公會的總部？」

「沒錯。」

菲莉的嘆息聲傳入耳中。見葛倫的眼中沒有任何遲疑，就連傑特也開始緊張了。

「這樣太危險了。那不是冒險者公會會長該親自交涉的對象……！」

闇之公會——與冒險者公會同樣歷史悠久的古老公會。

從諜報活動到暗殺、綁架、人口買賣……只要報酬夠高，不論合法或違法，什麼委託都接受的、黑社會中的最大勢力。

那是在視技能為最強力量的赫爾迦西亞大陸上，罕見地崇拜魔法、厭惡技能，由魔導士組成的集團。這是他們的其中一個特徵。被技能至上主義的時代淘汰的魔導士們，藉著獨創的力量，在黑社會中悄然形成的一大勢力——就是闇之公會。

「闇之公會掌握的知識與情報之深，連情報公會也無法匹敵。是生活在黑社會的人才有辦法得到的情報。現在只能指望那些情報了。」

「是那麼說沒錯……」

最大的問題是，闇之公會打從心底厭惡、痛恨重視技能的冒險者公會。

一直以來，冒險者公會都默認闇之公會的存在為必要之惡。不，應該說不得不默認。闇之公會基於對技能的自卑感，而獨創出的魔法——「禁術」的力量之大，據說現在甚至可以與超域技能匹敵。想消滅以那力量擴張勢力的闇之公會，是很困難的事。

更別說葛倫如今失去一條手臂，無法像現役時使用以雙手揮動的重量級大劍。輕易地前往那麼危險的公會，不知道會有什麼下場。

「所以我才會反對。」

一直忍著不插嘴的菲莉皺緊眉頭。

「歷代的冒險者公會會長，都避免直接與闇之公會扯上關係。就算想與他們交涉，也該派使者或送信過去。」

「不行。公會會長親自去才有意義。怕危險而不敢去就無法成事了。」

「可是——！」

「菲莉。」

葛倫打斷菲莉的話，直視著她的眼睛：

「至今為止，不論是小姑娘或白銀，都是在知道有生命危險的情況下與魔神戰鬥的——不對，是我逼迫他們戰鬥的。所以，至少要讓我做這點事才行。」

「……！」

被葛倫那堅定的眼神看著，菲莉說不出話。她沉默了一會兒，最後認輸地嘆了口氣，推了推眼鏡，提出一個條件。

「……我明白了。但是，我也要和您一起去闇之公會。」

「不，這——」

「怎麼？」

葛倫連忙想制止，但是菲莉的銀框眼鏡反射著亮光，鏡片後的雙眼散發出冰冷的殺氣。

「事到如今，只剩一隻手，無法盡情揮動愛用的大劍，除了塊頭大之外一無是處的老傢伙，想要性子不讓護衛跟隨？那麼今後每一餐，我都只為您準備您最討厭的豌豆，並以祕書的權限，讓您一天只能休息五分鐘。您有意見嗎？」

「……」

菲莉滔滔不絕地說完，葛倫愣愣地張了張嘴。

「…………………對……對不起……請妳一定要擔任我的護衛。」

感覺上，說這些話的葛倫似乎比平常小了一圈。

看著以絕對零度的眼神與豌豆，讓身為前最強冒險者、如今已是公會會長的男人閉嘴的菲莉，傑特感慨地低喃：

「菲莉生起氣來很可怕呢……」

「你剛才有說什麼嗎？傑特。」

「我什麼都沒說。」

葛倫嘆了口氣，重新看向傑特：

「……總之就是這樣。我會離開伊富爾一陣子，因為闇之公會的總部距離這裡很遠。不過應該會在鬥技大賽前回來……這段時間，伊富爾就交給你了。」

15

地獄般的假日上班後的隔天。

時間的流逝是殘酷的。即使在服務處的休息日從早工作到晚，在心中哭鬧著討厭啦我還沒有休息到，假日不要走，明天不要來，工作日仍然會毫不留情地到來——這世界真是太不講道理了。亞莉納如此心想，站在伊富爾服務處的櫃檯後方，瞪著懷錶。

滴答、滴答，秒針不停地響著。伊富爾服務處處於奇妙的寂靜之中。

營業時間即將結束的現在，服務處裡沒有任何冒險者。然而，平常的話會提早躲進辦公室處理文件，或開始做下班準備的前輩櫃檯小姐們，今天全都站在櫃檯，大氣不敢喘一口地看著亞莉納。

今天，是鬥技大賽報名的最後一天。

伊富爾服務處的營業時間一到，報名就截止了。應該會有那種在最後一秒闖進來報名的傢伙吧。亞莉納做好心理準備，等待那種愚蠢之人出現。

距離營業時間結束，還有十五秒。

確認完時間，亞莉納把視線從懷錶移開。她緩緩地吐氣，全神貫注地看著敞開的正門入口外。

外頭的街道上，充斥著下班回家的市民，以及準備前往迷宮的冒險者。但似乎沒有急急忙忙地想朝伊富爾服務處衝來的人。的確，最近這幾天幾乎沒有冒險者來報名，可說是難得地在截止日期前就完成報名的情況。

最後，秒針走到頂點的瞬間——

噹——城鎮內低沉的鐘聲響起。時間是下午五點，營業時間結束。

瞬間，亞莉納雙眼發亮，有如指揮戰鬥的司令官，伸手指著伊富爾服務處的正門，發號施令：

「時間到！去吧，萊菈！」

「是！」

早就預備好的萊菈立刻跑出自己的櫃檯，放低身體重心，以速度最快的跑法前往大門。喀嚓喀嚓喀嚓！她熟練地上完兩道門鎖後，如舞蹈般輕巧地旋轉身體，笑容滿面地宣布：

「營業時間，結束！」

亞莉納扔下原本緊握在手中的懷錶，高舉雙手歡呼。

「大賽報名，結束了————！！！」

亞莉納發出勝利的咆哮，周遭的人紛紛對她熱烈鼓掌。

「恭喜妳，亞莉納！」
「妳很努力了呢！」
「辛苦了，亞莉納。要不要吃點心？」
「辛苦妳了，亞莉納。」
甚至連那個處長，都特地走出辦公室慰勞亞莉納。
「謝謝大家，謝謝前輩、謝謝處長……！」
被眾人慰勞的亞莉納輕輕拭淚。
「接下來，只要在明天把統計結果和今年的報名表等文件全部丟給——不對，送交總部，大賽負責人的工作就幾乎做完了……！」
雖然大賽當天還有接受報到之類的業務要做，可是與忙碌的受理業務比起來不值一提，根本是小菜一碟。也就是說，被稱為死亡窗口、令人畏懼的鬥技大賽特設窗口的工作，幾乎全部完成了……！
（我……活著撐過這個工作了……）
亞莉納感動萬分地哽咽，想著今天一定要準時下班，盡情吃蛋糕，盡情睡覺，好好犒賞自己。她在心中下定決心。

16

公會總部的訓練場。模仿競技場建造的空曠廣場上，除了《白銀之劍》，沒有其他人。

「鬥技大賽的日子已經接近了呢。大草原任務也已經完成，最近我們能夠以贏得鬥技大賽的優勝為目標，集中精神練習了。」

在場的有擔任補師的露露莉・艾修弗特，與擔任後衛的勞・洛茲布蘭達。聽了隊長傑特的話，露露莉不解地發問：

「要練習什麼呢？前衛的亞莉納小姐不在哦？」

「該不會是要練習複合技能？」

勞發問後，傑特點了點頭：

「老實說，現在我們該優先準備的，是如何與魔神戰鬥。」

「原來如此。不過，傑特和我的複合技能，已經能完美發動了。也就是說……」

露露莉得意地說著，故意轉動眼珠子看向勞。發現露露莉的視線，勞不滿地噘嘴。

「呿，反正我就連發動都還做不到啦——」

「我和你的技能組合起來，應該能成為很強的複合技能。而且說不定能解決只能在戶外使用的問題。與魔神戰鬥時，也許還能因此取得優勢……可以陪我練習到能夠發動為止嗎？」

勞的技能〈永增的愚者〉的攻擊力非常高，甚至被喻為超域技能中難出其右的攻擊技能。假如能與之結合成複合技能，與魔神戰鬥時，應該能成為強而有力的武器，傑特是這麼想的。而且一旦發動就難以控制的特性，說不定也能透過傑特的技能做調整。光是能調整成可以在狹窄的迷宮裡使用，就夠好用了。

「我知道啦。」

儘管嘴上抱怨，勞還是愉快地揚起了嘴角。

「我今天會一直陪隊長練習的。」

17

「呃啊！」

啪鏘！刺耳的破碎聲響起，勞整個人因衝擊飛了起來。

「嗚！」

傑特上半身大大地向後仰，但僅僅後退了幾步便停住。至於個子不高的勞，則整個人向後飛去，倒在訓練場的地板上。原本張設在四周的深紅光芒倏地消失，勉強擠出力量維持的技能，無情地消散了。

撞在堅硬的地板上，勞全身發疼，但先從他口中發出的不是痛苦的呻吟，而是不甘心的聲音。

「啊——還是做不到——！」

儘管勞試著把自己的技能〈永增的愚者〉與傑特的技能結合，但不管怎麼試，都無法成功。因為他無法控制威力。

說起來，那原本就是一旦發動，就會完全無視術者的意志，不斷複製現象直到消滅目標為止的狂暴技能。假如能控制威力，就不需要限定在戶外使用了。

「呼啊——好累……」

勞洩氣地說著，試圖起身，但又立刻頭暈目眩地以手撐住地面。

「你過度使用技能了。今天就到此為止吧。」

傑特以尚有餘裕的表情對勞說道。他手扠著腰，雙腳穩穩地站在地上，看起來還很有體力。

「……」

反觀自己，已經全身無力，連自行站起來都做不到了。雖然這體力差距使勞有些不甘心，但他也知道傑特從很久以前起，就為了提升技能的持久度，鍛鍊到遍體鱗傷。

傑特一直以來都如此地努力。最驚人的是，儘管傑特白天鍛鍊到無法站立，晚上仍然會去幫亞莉納加班。

（這個體力怪物……）

勞再次對傑特那不像人類的體力咂舌，放棄地在地上躺平，將手腳張開成大字形。

「不行。我累到不能動了……」

白晝的強烈日光火辣辣地照射在身上，四肢痠軟無力。把全身交給堅硬的地面後，身體變得輕飄飄的，感覺很舒服。

「為什麼只有我使不出複合技能呢？你和露露莉不是都沒有問題嗎？感覺好複雜——」

「也許和契合度有關吧。可能是你的技能太強了……」

傑特一面思考原因，一面在勞的身邊坐下。兩人一起眺望著寬敞的訓練場半晌。

「要不要縮小範圍看看？只有一點點的話，我還有辦法控制。一點點的話。」

「這個嘛……」

傑特沉吟著，感到有些奇妙似地歪著頭。

「和露露莉不一樣，有一種湊不太起來的感覺呢……勞，〈永增的愚者〉是超域技能沒錯吧？」

對於傑特的無心之問，勞頓住了一瞬。但真的只有極短的一瞬，一般人不會特別注意。

「當然了。那不是超域技能的話，還能是什麼？」

「說的也是。」

傑特陷入沉思。勞看著他，心中湧起些微的罪惡感。這個人的直覺果然很準呢。勞在心中感嘆，改變話題。

「如果能熟練複合技能，之後就算前面只有隊長一個人，搞不好也足夠呢。」

「一般戰鬥的話也許可以，可是與魔神戰鬥時就不太可能了。」

「說的也是——」

就算傑特與勞能成功使用複合技能，也不一定能戰勝魔神。應該說能贏的可能性很低才對。其實傑特也很清楚這一點，即使如此，他仍然拚命地練習複合技能。

居然能為了不確定能不能派上用場的事，努力成這樣。

我才不想為了那種無法保證成果的事，做無謂的努力呢。勞這麼心想，但他並不討厭這樣的傑特。再說，他曾見過傑特時不時露出的不甘心表情。

所以他才想陪這個體力怪物練到滿足為止。

「勞，你其實挺享受的吧？」

「啊，被發現了？」

勞不打算隱瞞地咧嘴一笑，傑特則苦笑了起來。

「我啊，從來沒有像這樣和其他人一起練習過呢。」

回過神時，勞已經脫口而出了。

「不管魔法或是技能，我都是一個人練習的——」

「自學嗎？為什麼……」

「為什麼呢～」

不需要思考原因，答案只有一個。因為那時候，不能讓任何人知道自己的底牌。敵人不用說，就連同伴也不能相信。不對，當時的自己根本沒有同伴。

「因為被別人看著，我會覺得很羞恥嘛。」

勞扯了個謊，笑著蒙混過去。

「真難得，你很少主動說自己的事呢。」

「欸——我平常是那種感覺嗎？」

「嗯。在重要的部分，會和人保持距離的感覺。」

不愧是傑特，觀察得真仔細。不枉費他擔任白銀的隊長這麼久。

「啊！勞！你還好嗎!?」

這時，啪噠啪噠啪噠！露露莉緊張的聲音與急忙的腳步聲一起出現。

對了，露露莉在練習到一半時就消失了……勞正心想著，一陣強烈的臭味便鑽入鼻腔，使他甚至忘了疲勞，整個人跳了起來。

「好臭!?」

「不要說臭啦！」

那臭味，是從露露莉懷中的圓筒狀瓶子發出的。

「露……露露莉……那是什麼……!?」

五感比一般人靈敏的傑特，因這嗆鼻臭味受到的傷害，應該比勞更大吧。就算過度使用技能也活蹦亂跳的他，如今趴倒在地上，渾身顫抖不已。

「這是我做的——可能——可以恢復技能疲勞的特製恢復藥！」

使兩個大男人失去行動能力的露露莉，一臉得意地拿高瓶身。

「因為治癒光（Heal）沒辦法治癒技能的疲勞……我想說至少要製作有效的恢復藥，進行了很多錯誤嘗試哦。幸好這裡是公會總部，所以我可以請研究人員幫忙呢。」

「呃……妳要我……喝、那個……？」

勞看著露露莉手中的透明瓶子。瓶中裝著如爛泥般黏稠的墨綠色液體，偶爾還會詭異地冒出氣泡，看起來實在不像能進入人體的東西。

露露莉拿著那可疑的恢復藥，以天使般的笑容對勞點頭：

「當然！我把感覺有療效的藥草全都調配進去了。」

「不、不用了~我已經比較有精神了。啊，我好像站得起來了。嗯。再五秒就能起來了，所以妳還是帶著那個詭異的東西回去——」

「不必客氣！快喝吧！」

露露莉趁著勞還無法動彈時抓住他的頭，把瓶口按在他嘴上。

「嗯嗯嗯嗯嗯!!!!」

幾秒後，勞的慘叫聲響遍整座訓練場。

18

「呼——還以為自己死定了。」

與傑特做完複合技能的特訓後，保險起見，勞待在公會總部的治癒室裡休息。

他躺在床上，回想起被露露莉強灌的「特製恢復藥」的滋味，皺起眉頭。該怎麼說呢，那是與外觀相符的味道。不誇張，勞真的差點被那遠超良藥苦口的容許範圍的液體殺死。

「從以為死定了的技能疲勞恢復……我的恢復藥果然很有效！」

露露莉坐在床邊，開心地綻出暖陽般的笑容。

「我是差點被恢復藥殺死啦。」

「我有留下配方，隨時可以調配。你就放心地練習技能吧。」

「……」

露露莉根本沒在聽勞說話。她小臉泛紅，不知為何非常開心，有如被人稱讚第一次做的料理的孩子。看見那表情，勞便想著就隨她高興吧，在各種意義上做好覺悟。

「——啊，對了。」

感到滿意的露露莉，想起什麼似地豎起手指。

「我在調配特製恢復藥時，稍微聽到研究人員在說……之前大草原任務時發現的傳送裝置，果然不是公會製作的。」

「那個傳送魔物用的裝置嗎？」

也許是很在意，第一個有反應的，是靠在牆邊的傑特。

「研究人員們也覺得很不可思議，說沒見過那樣的傳送裝置……」

聽了露露莉的話，勞皺起眉頭。

「那就是除了冒險者公會之外，還有能分析遺物、製造傳送裝置的人？」

「而且還用它做壞事，拿來傳送魔物……」

藉著分析遺物而得到的，先人技術的一鱗半爪。這些技術現階段被冒險者公會所掌握、活用。為了防止技術被用在犯罪上，發生像阿爾塔農大草原那樣的情況。

所以公會總是以很高的價錢收購冒險者們發現的遺物，以優渥的待遇雇用榭麗那樣的優秀研究人員。目前擁有先人的技術與龐大的財力，能獨自製造傳送裝置的大型組織，應該只有冒險者公會才對。

「這次是因為設置在阿爾塔農草原的中央，所以受害者不多，但如果把那個放在城市中的話……」

「關於這一點，好像不用太擔心的樣子。」

「研究人員說了什麼嗎？」

「嗯。他們說利用水晶的傳送裝置之間，必須保持適當的設置距離，才不會互相干涉。因為城市中的巨大傳送裝置的干涉範圍很廣，就算在城裡設置其他的傳送裝置，也會失去效力。」

「原來如此，干涉範圍……所以那個綠水晶傳送裝置才會設置在阿爾塔農大草原的中央，而不是城市附近啊。」

「這樣一來，現在最大的問題，就是那傳送裝置是誰做的了——」

「完全想不出來呢……就連冒險者公會，也是花了很多年、投入龐大的研究經費，才總算開發出傳送裝置的……」

「勞，你有什麼想法嗎？」

「我？唔——」

勞裝出思考的樣子，但其實他已經想到一個可能了。他知道有一個技術方面足以與冒險者公會匹敵，就算擁有傳送裝置也不奇怪的團體。

（調查看看吧……）

勞在心裡想著，嘴巴上說的是完全不同的回答。

「沒有耶。公會高層應該更清楚這些事吧。」

他面不改色地說謊，裝傻地聳肩。他有點討厭已經習慣了說謊的自己。當然，他不會讓那些心情顯現在臉上。

「既然沒有立即的危險，還是交給公會處理吧。」傑特雙手交叉在胸前，輕輕點頭。「我已經告訴葛倫這件事了，他應該會加以調查才對。」

「對了，葛倫還好嗎？他不是去闇之公會的總部了嗎？」

露露莉想起這件事，擔憂地發問。她已經從傑特那邊聽說，葛倫為了打聽與祕密任務有關的情報，親自前往闇之公會總部的事了。雖然事關祕密任務，但傑特似乎也很掛心，一臉苦悶地按著太陽穴。

「我們阻止過他了……可是沒有用……那頑固的程度，和亞莉納小姐有得拚……」

「唉～行動力太強的傢伙也很麻煩呢。」

「葛、葛倫又不是去找碴的，一定不會有事的。」

那可不一定——勞心想。

只要不闖入他們的地盤，闇之公會什麼也不會做。可是，對於大刺刺地闖入地盤的人，或是想帶著他們的「知識（寶物）」潛逃的人，闇之公會絕對不會輕饒。一個搞不好，葛倫說不定真的再也無法回來。

當然，就算撕裂嘴，勞也不會把這些事告訴不安的露露莉與傑特。

「葛倫又不是笨蛋，一定沒問題的啦——」

又撒了一個謊，勞笑了起來。

19

夜晚，勞獨自坐在喧囂的酒館角落。

雖然不知道露露莉白天灌給他的「特製恢復藥」是不是真的有效，但輕微技能疲勞的症狀已經好了許多。只是那詭異液體的強烈味道一直留在舌尖，揮之不去，勞只好以烈酒蓋去那個滋味。

喝醉的冒險者們吵鬧不已，勞怔怔地看著那些人，耐心地等人，此時——

「喲！你在愁眉苦臉什麼啊！」

一道快活的聲音響起，有人重重拍打勞的背部，害他把還沒嚥下的酒全噴了出來。

「咳咳！嗚哇糟透了……不要用那種把人嚇出心臟病的方法出現啦……賈多。」

「是你太大意了。」

一名青年隨著爽朗的笑聲出現。他生著一雙很有特色的三白眼以及亮茶色的短髮，皮膚很白，身上穿著輕便的裝備，腰間插著短劍。打扮得與一般冒險者無異的賈多，向服務生要了酒之後，在勞對面坐下。

「所以？這麼久沒聯絡了，突然找我有什麼事？啊！如果要聊感情問題，我可以陪你聊到天亮哦！」

賈多心情極好地笑著，看起來就很高興的樣子。

「哎呀——不知道上次跟勞邊喝酒邊聊天是什麼時候了！你明天沒工作？一起聊到天亮吧，反正我明天也沒事！」

看著賈多爽朗無比的樣子，勞嘆了口氣，直接切入正題：

「我想問個奇怪的問題，關於不是冒險者公會製作的來路不明的傳送裝置，你知道些什麼嗎？」

「嗚哇血腥味！你是要聊工作的事喔——」

呿～賈多噘起嘴嘟囔道。他接過服務生拿來的酒，鬧脾氣似地喝了一大口，一副打從心底感到失望的樣子嘆氣。

「我想說是你的話，說不定知道些什麼。」

「啊，因為我很可靠嗎？」

賈多雙眼放光，心情立刻好轉，露齒笑道：

「來路不明的傳送裝置，就是那個草原上的對吧？」

「你知道啊？」

自己什麼都還沒說，賈多就說出了草原任務的關鍵字，使勞有點意外。

「我們姑且也在調查那件事。啊，不能說出去哦。因為是你我才說的。」

賈多壓低聲音，身上的氛圍與之前截然不同，他安靜地開口：

「最近這陣子，我們——『闇之公會』內部有點混亂。」

闇之公會。勞對賈多輕描淡寫地說出這個名字的事，完全不感驚訝。

因為他知道，這個除了開朗到煩人之外沒有其他特別之處，看起來極為普通的冒險者賈多，其實是隸屬於闇之公會的魔導士——也就是暗殺者。那身冒險者打扮，當然只是為了混入一般人裡的變裝而已。

「混亂？」

「嗯。在草原出現魔物的不久之前，有很多年輕人一起脫離闇之公會……而且沒有經過適當流程，是『違規』脫離。」

「……」

所謂的適當流程，也就是消除記憶。

闇之公會除了自行研究的強大魔法之外，還將不為人知的知識發展成技術，並統一作為「禁術」保存。這些全都是不能外傳的最高機密。因此，想脫離闇之公會的話，就必須得消除與禁術相關的記憶。不遵守這個規則就脫離，會被視為「違規者」，成為闇之公會抹消的對象。一直以來，闇之公會都是以這種方式保護禁術的。

「雖然我在闇之公會待很多年了，但也不可能知道所有的禁術啊。假如禁術中有製作傳送裝置的技術……」

「也就是說，是違規者帶出去的可能性很高？」

「沒錯。所以我也有在關注阿爾塔農的事。如果你知道什麼，就告訴我吧！」

賈多咧嘴笑著，又喝了一大口酒。見那個樣子，勞嘆了口氣。

「大量的違規者嗎……原來如此。難怪最近的『工作』很多，原來是這麼回事啊。」

「應該說，勞你居然不知道？」

「因為我不想跟闇之公會牽扯太深，不必知道的事不會多問。」

勞把酒錢放在桌上後起身，賈多立刻不高興地噘嘴。

「欸～已經要走了？不聊感情問題嗎？」

「誰要和你聊啊。」

呿～勞扔下一臉無趣的賈多，離開了酒館。

20

勞離開後，賈多一個人在酒館內喝酒。問完想知道的事就走，還是一樣冷淡呢——他嘴上如此抱怨，心中的想法卻完全不同。

勞很提防自己。而那態度，是正確的。真是直覺靈敏的傢伙。

呵，賈多正因此發笑時，有人大聲向他說話。

「喂～你有超域技能嗎？」

一名喝醉的高壯冒險者，單手拿著大酒杯，興致勃勃地與賈多攀談。雖然賈多裝出突然被搭話而驚訝的模樣，但他其實早就以眼角餘光，發現那喝醉的冒險者朝自己大步走來了。

「我們剛好缺一個後衛，你要不要和我們一起參加鬥技大賽？」

「超域技能嗎？啊啊～我沒有耶。」

賈多陪笑道。嘖！喝醉的冒險者立刻改變態度，一臉傲慢不屑的樣子。

「什麼啊，原來是廢物。」

賈多眉頭跳了一下。

「說成廢物太過分了吧？就算我沒有技能，還是很強哦。因為我是魔導士。」

「魔導士？」

冒險者忽然哈哈大笑起來。

「沒有技能的魔導士，說自己很強？喂喂，那是哪個年代的說法啊！現在這個時代的冒險者，沒有技能的話連點屁用都沒有！」

「那可不一定哦。就算只會魔法，但是精通的話，還是能贏過技能……」

「好了好了我知道了。運氣不好沒有發芽技能的傢伙，只能講這種話安慰自己逃避現實呢！」

「……」

「魔法那種東西，現在就跟雜耍一樣啦！和沒有超域技能的魔導士組隊根本沒有意——」

「蒼炎。」

賈多低聲打斷冒險者的玩笑話。同時，滋！兩人之間出現極短的燃燒聲。

賈多的右手纏繞不可思議的藍色火焰，穿透了男人的腹部。

「……啊……」

連慘叫都來不及發出，那冒險者的生命就此結束。

總算安靜下來的冒險者身體一歪，酒杯從失去力量的手中落下。賈多靈巧地接住杯子，以另一隻手按住冒險者肩膀，擺弄人偶似地讓他坐在椅子上。接著，只要把喝到一半的酒杯放在趴在桌上的冒險者面前，看起來就像喝醉睡著似的。

沒有人會發現那冒險者桌子下的腹部多了個大洞。因為傷口血管被高溫的藍色火焰燒焦堵塞，所以流不出血。

酒館還是一樣吵鬧。除非是一直盯著，不然沒有人會注意到，也沒有人想像得到，剛才那瞬間，酒館內有人被殺了。

「你就睡在這裡，直到有人發現為止吧，垃圾大叔。」

賈多笑著低語，若無其事地把自己與「醉倒了」的男人的酒錢放在桌上，離開酒館。

「……魔法明明很強，可是沒有人懂。」

走出酒館的賈多，對著寒夜的黑暗呢喃。

不，不懂也是當然的。因為真正強大的魔導士，都屬於祕密主義的闇之公會。早在很久以前，闇之公會就開發出了超越技能的魔法，可是公會卻堅持不把那些魔法公諸於世。

「所以那些只會喊『技能萬歲』的白痴才會得意忘形……！」

賈多苦澀地啐道，想起不久前令自己鬱悶的對話。

『不能把禁術公諸於世。』

闇之公會的會長二話不說地，冷淡地回絕了賈多想把闇之公會的魔法技術與知識公諸於世，藉此提高魔導士存在價值的提議。

『我不能接受您的看法。不這麼做的話，那些技能萬歲的白痴會一直認為「魔法不如技能」，永遠看不起魔法與魔導士……！』

『他們愛怎麼想，就隨他們去。而且，就算真的說明了，你口中那些「技能萬歲的白痴」也聽不懂的。』

『可是……』

『之所以一直將禁術保密，也是為了保護隸屬於闇之公會的魔導士哦。你早晚會懂的。』

保護魔導士？

公會會長那些空泛的話，使賈多覺得噁心想吐。根本什麼都沒有保護到不是嗎？不論是歷史遠比技能悠久的魔法本身，或是代代傳遞魔法的魔導士的驕傲，全都被技能蹂躪了。

「我一定要讓那些白痴知道，魔法比技能強多了——」

賈多小聲自語。就在這時，遠方傳來尖叫與騷動。是從剛才的酒館傳出的。看樣子，總算有人發現屍體了。

真的全是一堆白痴呢——賈多輕笑，消失在黑夜裡。

21

隔天，亞莉納帶著裝滿文件的木箱，前往公會總部的事務部門。

辦公室內的人一見到亞莉納的臉，立刻從椅子上跳了起來。

「喂！伊富爾服務處的文件來了！」

哀號立刻傳遍整個辦公室。

「伊富爾服務處的!?」

「太快了吧！其他服務處的都還沒處理完呢……！」

「拜託告訴我這是假的！」

有人抱頭大叫，有人哭著跪倒在地上。他們以充滿恐懼的眼神看向亞莉納——身後的大量木箱。

沒錯，雖然鬥技大賽設於服務處的窗口是死亡窗口，但營運整個大賽的公會總部事務部，則比承辦報名的櫃檯小姐更忙。除了籌備賽事、跨部門溝通、聯絡各服務處之外，還必須擬定大賽當天的活動流程、確保當天的現場工作人員、嚴格檢查選手的參加資格、甚至製作對戰表等，要做的事又多又雜。

光是這些工作就忙不完了，不難想像在收到伊富爾最大的服務處・伊富爾服務處的大量文件後，會有什麼下場。也難怪這些人如此驚恐。

「這些是伊富爾服務處的報名表，再麻煩了。」

亞莉納無視總部人員的動搖，神清氣爽地微笑說著。雖然自己為這些人開啟了新的地獄大門，但她自己的地獄之門已經關上了。她已經完成自己的工作了，公會總部的地獄會變成什麼樣子，與她無關。

「啊……還是一樣多到誇張……！」

有著嚴重黑眼圈的職員，看著堆積如山的木箱，原本就差的臉色變得更蒼白了。

「是說，伊富爾服務處每次都能處理這麼多業務量，真是了不起。辛苦妳了，要不要去喝一杯？」

「謝謝您的好意，我心領了。那我就此告——」

亞莉納爽快地以營業用笑容拒絕那名男性職員，轉身正想離去時，身前突然有幾名冒險者經過。那些人踩著慌亂的步伐，語氣急迫的話語傳來。

「喂！聽說傑特・史庫雷德正在訓練場練習哦！」

「快去觀摩，不能放過這個機會！」

亞莉納差點被撞上，傻眼地看著那些冒險者遠去的背影。職員男性也困擾地笑了起來。

「最近這幾天，傑特大人在訓練場鍛鍊時總是這個樣子。參加鬥技大賽的冒險者們，都想研究最有冠軍相的傑特大人的身手。」

「哦……原來如此。」

「而且今年比以往的騷動更大。聽說傑特大人發明出了叫什麼……複合技能？的招式。雖然我不太清楚戰鬥方面的事，但是從冒險者們緊張的樣子看來，應該是非常厲害的技能吧。」

職員聳了聳肩。亞莉納與對方打過招呼後，離開辦公室。她朝著停放馬車的場所前進，腦中發愁地想著其他事情。

（這樣一來，事務方面的工作就全部完成了。接著就是，拿到優勝的獎品……！）

老實說，這件事更重要。

亞莉納在腦中不斷想像著最壞的將來。其他人得到優勝，帶回優勝的獎品。正當優勝者感動萬分地細細欣賞獎品時，突然發現頸部有龜裂……正當優勝者感到不對勁時，頭顱咕咚一聲掉下——

嗚喔喔喔喔！想像到這裡，亞莉納全身血液倒流。所有人一定會立刻開始尋找犯人。假如被查出是亞莉納做的，那麼她擁有能破壞純遺物的力量一事，也會跟著被發現……！

「我的……我的平穩人生就啊啊啊啊啊啊啊——！！！」

雖然亞莉納只想在心中吶喊，但回過神時，她已經放聲大叫了。

亞莉納連忙四處張望，周圍的公會職員全都以驚嚇的表情看著她。他們一與亞莉納對上目光，就連忙尷尬地別過頭，快步離去。遠方的人則小聲地竊竊私語。

——這櫃檯小姐好像怪怪的……

——真可憐，明明還那麼年輕……是過勞到失常了嗎……

「…………!!」

被驚訝與憐憫的視線注視，亞莉納一時間面紅耳赤。

「今……！今天也是平穩的一天呢！啊哈哈……！」

亞莉納連忙以自言自語掩飾剛才的怪異舉動，但效果可說是雪上加霜，只好喪家之犬般狼狽地逃離現場。

（總……總之！不管怎麼樣，我一定要拿到優勝……！）

亞莉納將手舉到胸口握拳，再次下定決心。

鬥技大賽當天，特設窗口的負責人還有受理報到之類的業務要做，但是照慣例，那些工作在比賽前就會結束。之後只要扮成處刑人，與白銀一起參賽，奪得優勝獎品就行了。

（不管怎麼樣……！）

亞莉納眼中燃燒著熊熊火焰，朝停放馬車的場所前進。途中，她經過了總部的訓練場。

就如剛才的職員所說，已有許多冒險者聚集在訓練場旁，圍成人牆。那些全都是為了觀摩傑特的複合技能，特地來探察敵情的人。

可是，平常只知道大吵大鬧的冒險者們，別說意氣昂揚地想找出傑特的弱點了，他們全都沉默地站在原地不動，安靜到連掉一根針在地上的聲音都能聽見。

「……？」

那鴉雀無聲的異樣氛圍，使亞莉納停下了腳步。她思考了一下後鑽進人群中，終於擠到能看清訓練場的位置——

「！」

映入眼前的光景，使亞莉納睜大眼睛。

只見傑特獨自站在寬敞的訓練場上，身邊蕩漾著陣陣紅光。除此之外，地面許多處也有同樣的紅光閃爍。

傑特置身在紅光中，對場外人群視若無睹，似乎處於專注的狀態。

冒險者們，不，就連亞莉納，也因傑特的模樣而忘了呼吸。

因為，傑特身上充滿了無法以一句「練習技能」帶過的傷。也許是倒地過不知多少次，護具變得髒汙不堪，身上到處滲著因重度技能疲勞的傷而噴出的鮮血。由於失血過多，傑特臉色慘白，只能勉強站立。儘管如此，他銀灰色的眼眸中仍然燃燒著不屈不撓的火焰。

與其說是練習，更像與迷宮頭目交戰後的慘狀。傑特繼續虐待自己的身體。

「——集中……展開……！」

血從嘴角流下，但傑特仍然不肯休息。

「發動複合技能，〈千重壁〉！」

原本在傑特周圍閃爍的紅光，聚集到傑特手中的大盾牌上。

眩目的紅光使傑特的身體微微向後仰，但他的雙腿仍然堅定地踏著地面，不因此而跪下。

複合技能〈千重壁〉——以〈滿身鮮血的終結者〉為媒介，把複數的〈鐵壁守護者〉強行加疊在一起的技能。之前與雙胞胎魔神戰鬥時，傑特似乎說過，自己頂多只能使用四到五個〈鐵壁守護者〉。

（可是那紅光……到底有多少個……？）

亞莉納難以置信地看著傑特身邊閃爍的紅光數量。假如每道紅光都是一個發動中的〈鐵壁守護者〉的話，總數早就超過四或五個了。

「嗚……！」

噗滋！令人不悅的聲音傳入耳中。

鮮血從傑特踏著地面的雙腿，以及舉著盾牌的手臂噴出。是過度使用技能造成的重度疲勞，亞莉納之前也曾見過他這模樣。然而，儘管全身出血，傑特仍然努力維持著技能。

因傑特的模樣而說不出話的，不只有亞莉納。周圍的冒險者們也都因傑特過於壯烈的「練習」而愣住。

「呃啊……！」

傑特總算解除技能，雙腿一軟倒下。此時他的周圍已經形成了大片血泊。

「……我看，我還是退出鬥技大賽好了。」

有人低聲說話。是站在亞莉納身旁的冒險者。

「咦？你不是很開心總算升到四級，有資格參加比賽了嗎？」

「我只是把出場當成紀念而已。如果能和強者對戰可以累積經驗，要是不小心贏了，就是我賺到。我是用這種輕鬆的心情報名的……把鬥技大賽當成兒戲的我實在太丟臉了，沒資格和每天這樣練習的人站在同一個舞臺上。」

那名冒險者語畢，便離開了。

「……」

亞莉納目送那名冒險者離去，垂下眼簾。

傑特這傢伙，每天都做這種強度的練習嗎？不僅如此，他還總是以若無其事的表情，來幫自己加班。

（……笨蛋……）

亞莉納覺得心臟一緊，有些難受。

22

闇之公會的總部，位在離伊富爾很遙遠的場所。

當然，祕密主義的闇之公會的總部不是誰都能隨意出入的場所，也沒有設置傳送裝置。必須搭乘馬車，旅行好幾天才能抵達。

對於親自來訪的葛倫，闇之公會的人沒有拒於門外，姑且把他帶到了寬敞的會客室。葛倫隔著桌子，難掩緊張地與一名身軀矮小的老人見面。

闇之公會的會長，札法・蘭古爾。

年齡不詳，已經擔任了四十年以上闇之公會會長的人物。乍看之下與一般老人無異，可是面對他時，會被一種難以言喻的緊張感侵襲。

「……那麼，冒險者公會的來我們這裡，有什麼事？」

老人緩緩開口。語氣像是在說儘管接見了他，但並不等於歡迎他來。札法的聲音冷得刺骨。

「我希望能取得一些你們獨有的情報。」

葛倫努力不讓自己被老人的魄力壓垮，簡短地道。

「……你說情報？」

「我想知道十三年前失蹤的【大賢者】的下落。」

札法沉默下來。良久之後，他傻眼似地嘆氣。

「你什麼都不懂呢。你應該知道吧，我們闇之公會，非常不喜歡你們冒險者公會。」

「……」

「總是站在光輝絢爛的舞臺上，享盡掌聲與讚美的你們，是無法理解被迫躲在社會的黑暗中，幹著骯髒事，被當成不存在的我們的痛苦。」

札法幽暗的眸子中微微亮起光芒，看著葛倫的眼睛。

「老夫特別厭惡你，葛倫。打從你成為冒險者公會會長的那一刻起，你眼中就棲宿著亡靈的氣息。藏在虛假的笑容底下的虛妄執著也令老夫很不順眼……要我們給你情報？那是闇之公會長年以來蒐集的珍貴資產。要求我們把情報給你，未免太厚臉皮了。」

「……」

想從闇之公會取得情報，果然還是太難了嗎？

札法冰冷的回應，使葛倫暗自咬牙，不知該從哪裡著手切入。

「……我明白你們的想法。但是，現在已經考慮不了那麼多了。」

不能就這麼簡單地放棄。

葛倫正面回望札法，對抗他的視線。呵，札法笑了起來。

「是嗎？已經做好覺悟了啊。好，好。那麼——」

忽地，葛倫覺得背脊發涼。

「——可以解釋成你是來送死的對吧？」

回過神時，已經有數名男人包圍葛倫，以劍尖指著他了。

「……！」

可以感覺到身後的菲莉倒抽了一口氣。那些應該是闇之公會的人吧。他們無聲無息地出現，手中拿著相似的短劍，劍身上無不纏繞著奇妙的藍色火焰。

（是魔法……？不，不是一般的魔法。）

藍色火焰散發的未知氣息，使葛倫瞇起眼睛。

「葛倫・加利亞，對我們來說，退出第一線的你，與嬰兒無異。在你發動技能之前，我們就能砍下你的頭顱。」

札法淡然說著。

「過去，你們冒險者公會一向避免與我們直接交涉。雖然偶爾會派遣『棄子』，但是公會會長從來沒有親自來過這裡。就這點而言，你的行動值得稱讚，就當作是對我們的敬意吧——但是，你太有勇無謀了。」

札法咯咯笑著，將雙手指尖並攏。

「我們不會屈服於技能。光是看到你們這些服從於技能的愚蠢冒險者，就會覺得反胃。不如把你碎屍萬段，扔去餵狗吧。」

「……」

失敗了嗎。葛倫閉上眼睛數秒。

沒想到直到如今，闇之公會仍然如此憎恨冒險者公會與技能。那樣的想法早就過時好幾十年了。果然，除非闇之公會的領導者換人，否則與公會的交涉是無法成功的。

「好吧。」

葛倫呼出一口氣，說道。

「……什麼？」

「我知道來這裡會有生命危險。必要的話，這條命就送給你們吧。」

「……」

札法沉默下來，以試探的眼神看著葛倫，葛倫則正面以對。

「但是，我還有必須做的事，不能隨便死在這裡。所以，我有個提議。」

似乎被葛倫的氣勢壓倒了一瞬，札法微微睜大眼睛。葛倫將一顆黑色石頭放在札法面前。

「……這是……」

「你們想知道，關於魔神的事吧？」

札法吸了一口氣。

「我們當然也不會單方面地向你們討情報。我想以冒險者公會擁有的，所有與魔神相關的情報與你們交換。你們願意接受這個提議嗎？」

葛倫無懼於札法，如此提議。漫長的沉默後，札法的身體微微抖動了起來。

「……咯、咯咯……哈哈哈哈。」

哈哈哈哈！他最終放聲大笑。葛倫正感到驚訝時，砰！札法重重地將一隻腳擱在桌上，豎起拇指。

「ＯＫ～交涉成立。」

「……啊？」

葛倫眨了眨眼，看著像是變了個人的札法。札法無視葛倫的困惑，清爽地重新坐在椅子上，把雙腿放在桌上，吹著口哨搖晃椅子。

「哎呀～你能來這裡，真是太好了。啊，你們可以下去了。」

老人說完，暗殺者們有些惶恐地連連鞠躬，隱去身影。葛倫怔怔地看著眼前情況，說不出話。

「不好意思啊，剛才一直嚇你。哎，該怎麼說呢？因為老夫來日也不算多了，所以想趁活著時，試著說一～點點『闇之公會會長會說的話』呢～」

欸嘿！札法靦腆地把手放在頭上，對不知道該說什麼的葛倫繼續道：

「像這種公會會長之間的對決？之類的？老夫一直很想試試呢～～臺詞早在幾十年前就思考推敲好了……可是根本沒有人敢直接來闇之公會啊。哎呀～真是太開心了。這樣一來，老夫走時就沒有遺憾了。哈哈哈！」

「……」

「這可是老人家使出渾身解數的自虐梗哦，年輕人不笑一下嗎？」

與其說是闇之公會的會長，更像普通的快活老人。原本的緊張感與壓迫感消失無蹤，葛倫也鬆了一口氣。

「你……不恨冒險者公會嗎？」

「恨？啊，是說技能的事？那不是冒險者公會的錯啊，有什麼必要恨你們呢？世人選了技能，但是我們不選。只是這樣而已。」

以前的老人家都不能理解這點呢～札法小聲嘟噥，忽地咧嘴一笑，指著葛倫失去的左臂：

「葛倫啊，最近你的表情像樣多了嘛。是因為那條失去的手臂被惡靈附身了嗎？」

葛倫微微瞪大眼睛。沒想到自己一直被闇之公會會長注意著，不過他的說法非常貼切。

「……惡靈嗎……也許就是那樣沒錯。雖然除靈方法很粗魯就是了。」

似乎對葛倫的回答感到滿意，札法用力點頭。

「很好。我們也想知道更多魔神的事——」說到這裡，札法歪頭發問：「但你為什麼知道我們想知道關於魔神的事呢？」

「那是我胡扯的。」

葛倫臉不紅氣不喘地回答：

「我猜若是闇之公會，應該早就知道魔神的存在了。看來你們果然是知道的呢。」

「……」

札法瞪大了眼睛一會兒，張大缺牙的嘴笑道。

「你的個性也很不錯呢。」

23

「是說，【大賢者】的下落啊。」

唔，札法呻吟著深深坐在椅子中。

「首先，葛倫啊，你聽了之後別生氣哦。」

「？」

「其實【大賢者】的失蹤，我們闇之公會也有參與。」

「什麼!?」

葛倫忍不住將雙手按在桌面，探出身子。札法不以為意地繼續道：

「哎呀，你可別誤會了。是【大賢者】本人要求我們幫忙的。」

「本人的……要求？」

「想變成完全不同的人，逃離這裡。這就是他的委託。所以我們以禁術幫他換了一張完全不同的臉，讓【大賢者】逃走了。」

「……」

聽到真相，葛倫茫然地喃喃。

「……難怪……不管怎麼找，都找不到他……」

「為什麼【大賢者】突然想那麼做，其實我們也很在意。所以一直追蹤著失蹤後的【大賢者】。不過最後得到的消息，已經是十年前的事了。」

「最後得到的消息是？」

「……【大賢者】死去的消息。」

葛倫倒抽一口氣。

「失蹤後的【大賢者】假扮成冒險者，在鄉下樸實勉強地活動著。雖然不知道他那麼做有什麼目的，但是就旁人的角度看來，他像是從所有桎梏中解放，自由地享受著冒險者的身分。可是——他最後死在魔物的攻擊之下。真是很無趣的末路呢。」

呼，札法輕輕嘆了口氣，淡淡地說下去。

「關於【大賢者】，我們知道的就這麼多了。你可千萬別告訴四聖哦。老夫還想繼續玩鬧之公會會長的家家酒呢。」

「我當然不會說出去。不過……這樣一來就確定了。【大賢者】是基於自己的意志消失的。」

葛倫將額頭抵在十指交疊的手背上。

「雖然希望他還活著……但也沒辦法啊。」

葛倫把札法給的情報暫時趕到腦中角落，拿起魔神核。

「感謝你，會長。那麼，這是我們這邊所持有的情報——」

「祝您武運昌隆！」

亞莉納臉上掛著營業用笑容，目送結束手續的冒險者離去。冒險者鼻孔噴氣，充滿幹勁地大步走向伊富爾的大門——不對，是超巨大的拱廊出口。

這裡是鬥技大賽的會場。沒錯。鬥技大賽的日子終於來臨了。

被高到必須抬頭仰望的拱頂籠罩的寬敞走廊兩側，有臨時設置的櫃檯。來自各服務處，負責鬥技大賽業務的櫃檯小姐，正在受理參賽者的報到。除此之外，還有想趁機大賺一筆的武器商人、護具商人、修理師傅，以及以觀眾為對象的土產店等攤位，連綿地排列在拱廊左右兩旁。

「……時間到。」

確認完參賽者名單的亞莉納，迅速地收起櫃檯，進入後方的辦公處。

比賽當天，鬥技大賽的負責人也有工作，就是確認在自己所屬的服務處報名的冒險者有沒有來參賽。話雖這麼說，其實只要把時間內沒來報到的傢伙全部當成棄權就行了，是簡單又無情的工作。

既然事關對戰對手的勝敗，就不能像平常的任務委託那樣給人通融，就算比服務處的營業時間晚來幾分鐘，也大發慈悲地讓冒險者登記接案。假如那些漫不經心、來不及報到的冒險者對被棄權有意見，只能自己去找主辦單位公會事務部談判。

也就是說，報到時間結束的現在，亞莉納身為鬥技大賽負責人的工作，完全結束了。

「……好……！」

——不過，亞莉納還有非做不可的事。

那是比起大賽負責人，重要太多倍的事。

（不論如何，都一定要得到優勝獎品……！）

亞莉納堅定地想著，看向拱廊的另一頭。

圓形大廳的中央，設置了一個臺座，上面擺放著被超域技能嚴密保護的優勝獎品——沒有經過任何加工的大件純遺物，即使不計算變賣後的金額，本身也有一股沉靜的威嚴，在魔法光的照明之下，醞釀出神聖的感覺。

沒錯，那就是被亞莉納彈額頭，因此斷頭的優勝獎品。

不論如何，都一定要得到那個純遺物，湮滅證據才行。亞莉納再次下定決心，眼中亮著晶光，為了報告報到情況，她朝營運總部走去。

「啊，找到妳了，亞莉納前輩——！」

就在這時，身後突然傳來熟悉的聲音。亞莉納僵硬地停下腳步，戰戰兢兢地回頭。來看比賽的萊菈正揮著手朝這邊跑來。

「呃，萊菈……！」

「『呃』是什麼意思啊？『呃』？」

「沒、沒有，是妳聽錯了吧？」

「前輩，大賽負責人的工作辛苦了！我有幫妳留位子哦！」

「我要回家睡覺。」

「……」

萊菈似乎想說什麼，亞莉納嘆了口氣。

「是說，萊菈……那個，妳這身打扮……是怎樣……」

「咦？」

似乎沒想到會被問這種問題，萊菈一臉意外地睜大眼睛。

只見她額頭上綁著寫有『處刑人　命』的莫名布條，身上披著畫了巨大愛心與處刑人插圖的披風，掛在肩膀的包包中裝滿了處刑人的周邊，放出駭人的氣勢。

「問我怎樣……那還用說嗎！」

萊菈握緊拳頭，雙眼發亮。

「我今天是來全心全意地為處刑人（我推）大人加油的哦！」

「……」

雖然不是沒猜到會這樣，但萊菈那身打扮實在太過狂熱，周圍的人都盡量不與她對上目

処刑人♥命♥

光，快步離去。萊菈無視那氛圍，雙手抱在胸前，幸福地扭動身體。

「前輩妳知道嗎？昨天公布對戰名單時，我激動到差點窒息哦……!?所以我忍不住請了半天假，緊急做了這些加油用的周邊！」

照慣例，鬥技大賽會在比賽的前一天公布對戰名單。萊菈在白銀的隊伍中，發現了處刑人的名字──「雷沃克・亞尼拉」。這是亞莉納偽造冒險者執照時用的假名，但如今已經是人盡皆知的處刑人的名字了。

不用說，「處刑人參戰」的事立刻成為熱門話題。為此，這屆鬥技大賽的觀眾人數比過去多了將近一倍，也預測會有人退賽。比如現在，雖然離開賽時間還早，但拱廊中到處都是人，興奮地朝看臺前進。

「我、我還得去營運總部做報告……妳就努力幫處刑人加油吧。」

亞莉納言不由衷地說完，與萊菈告別，前往營運總部。

＊＊＊＊

「『回家睡覺』……嗎？」

萊菈看著慌忙離去的前輩櫃檯小姐的背影，輕笑起來。她把目光從亞莉納身上移開，看向展示在大廳中央的優勝獎品。

「那種怪怪人像壞掉了的事，明明只要裝傻說不知道就好。前輩的個性真是太認真了。」

雖然說對人像動手腳、拐亞莉納參加鬥技大賽的就是自己……但沒想到計畫順利成這樣。為了湮滅證據而參賽，的確很像笨拙的亞莉納會想到的做法。不過她也不是不會覺得，自己做了件過分的事。但是——

「……」

萊菈捉緊右手。安靜地潛藏在袖子下方的魔神核——感受著那存在，萊菈抿緊嘴唇。

「我這次也會誠心誠意地幫妳加油的哦，亞莉納前輩。所以——」

已經決定為了達成目的，不會有任何猶豫了。我已經和那時候的自己不一樣了。

「——妳要殺了魔神哦。」

25

鬥技大賽的會場，位在離伊富爾相當遙遠的遼闊荒野中。

雖然若以物理的移動手段，得花上數十天路程才能抵達，但由於會場內豪華地設置了許多傳送裝置，所以人們能來去自如。

這是以「盡可能地貼近先人留下的迷宮」為目標，集當時的技術之大建造而成的，大到沒有意義的競技場。

離開大型拱廊，經過寬敞的大廳與巨大的連接走廊後，便是比賽會場的入口。

「唉～到頭來，還是沒辦法和隊長發動複合技能呢～」

傑特站在選手入口的門邊，等待比賽開始的鈴聲響起。勞坐在一旁唉聲嘆氣。外頭已經可以聽到熱鬧的歡呼聲，只要朝外踏出一步，就是戰鬥的舞臺了。

到頭來，勞一次也沒能成功與傑特使出複合技能。話雖如此，但勞看起來也沒有多沮喪。

傑特還是對他輕笑道：

「做不到也沒辦法。也有這樣的時候嘛。」

「都是因為勞不肯喝特製恢復藥喔？那個超有效的。應該吧。」

露露莉手扠在腰上，鼓著腮幫子斥責勞。

「那種人類不能喝的東西？」

「真沒禮貌。人類當然能喝！應該吧。」

說完，露露莉轉頭張望四周。

「對了，亞莉納小姐還沒來嗎？我還以為她會和傑特一起來的……比賽快開始了哦？」

這次，亞莉納將以「處刑人」的身分擔任白銀的前衛，參加鬥技大賽。

當然，假如登記的隊伍成員沒有在比賽開始前到齊，就會被淘汰。露露莉正感到擔心時，傑特指著擂臺的方向說道：

「啊啊，亞莉納小姐已經來了哦，就在那裡。」

「欸？」

傑特所指的方向——是作為戰場的圓形擂臺，遠比城市中競技場的規模還要大。地板與牆壁是以遺物的碎片融化製成，相當堅固。周圍環繞著階梯狀的看臺，但是沒有穹頂，從早上起就被強烈的日光照射著。

離比賽開始還有一段時間，所以擂臺上當然空無一人——照理來說應該是這樣，可是如今，那裡已經站著一道人影。

戴著面具、拉低帽兜，全身被斗篷遮蓋的謎樣冒險者——處刑人，正安靜地佇立在擂臺上。

「…………………」

那安靜卻充滿鬥志的身影，使露露莉張口結舌。

「亞莉納小姐……在做什麼……？」

「如果因為遲到而被淘汰就傷腦筋了，所以她一直待在那裡。」

「……」

明明光是參加鬥技大賽就造成轟動，這樣的稀有人物還比誰都早站上了擂臺，就連看臺上的觀眾們都感到困惑。

「喂你看，那個是處刑人吧……？他從開賽的三十分鐘前起，就一直站在那裡了耶……」

「哇……只能感受到滿滿的殺氣……！」

「不對，那是因為他是守時的人！」

觀眾們的喧囂傳到耳中，「當然會吵鬧了。」勞笑了起來。就在這時，露露莉在觀眾席中發現了異常的景色。

「傑、傑特，那是什麼……!?」

圍繞擂臺的廣大看臺的某一個區塊，被一群奇妙的團體占據。

儘管觀眾們全被處刑人安靜地發出的魄力壓倒，但只有那一帶的觀眾，不但無懼於處刑人的魄力，甚至沉默地散發異樣的熱度。不過為了不吵到其他人，那團體的人們在周圍垂掛各種布幕，安靜地揮動巨大的旗子。

布幕上寫著「風靡吧！處刑人精神」、「一殺入魂」、「絕對勝利　無敗傳說」等傳統到令人懷念的熱烈加油標語；巨大的旗子上則寫著「處刑人」幾個大字，並畫上代表處刑人的巨鎚。

是不知從哪冒出來的，處刑人的啦啦隊。

坐在那區的幾乎都是年輕女性，但她們的眼神都銳利無比。完全沒有花樣年華的女孩子為喜歡的選手加油的可愛氣氛。她們彷彿與處刑人站在相同的擂臺上似的，以戰士般的眼神等待戰鬥開始。

「嗚哈！是處刑人的啦啦隊！好強！雖然沒有發出加油聲。」

勞抱著肚子大笑，傑特則聳了聳肩。

「『既然處刑人大人那麼安靜，我們也不能隨便吵鬧。』聽說是這樣。」

這些話，當然是萊菈告訴傑特的。

「……是說傑特，為什麼亞莉納小姐今天那麼有幹勁呢……？這和她平常的感覺差太多了……」

被亞莉納與啦啦隊的不尋常氣勢壓倒，露露莉小聲地發問。

「因為亞莉納小姐好像很想要那個優勝獎品。」

「那個奇怪的人像……!?」

露露莉一臉難以理解地皺眉。雖然傑特也有同樣的想法，但是不該批評別人的喜好。露露莉看了一眼安靜地站在擂臺上的亞莉納，因她那高度的集中力，吞了吞口水。

「居然這麼專心……！看來亞莉納小姐真的很想要那個奇怪的——我是說，這次的優勝獎品呢……」

既然如此，露露莉做好覺悟似地握緊小巧的拳頭。

「亞莉納小姐救了我們那麼多次，這次我們白銀要努力幫她得到優勝才行！」

「嗯，那當然。」

「……雖然說，她可能不需要我們的幫忙。」

傑特點頭贊同露露莉的話，勞則小聲地吐槽。就在這時，宣告比賽開始的鈴聲響起。傑特等人在如雷的歡呼中踏上擂臺。

「處……處刑人真的來了……」

同樣因鈴聲上臺的對戰隊伍成員之一，見到處刑人後倒抽了一口氣。

「雖然有聽到傳聞，但我還以為只是謠言……」

「現在投降也沒問題哦——」

「投降？開什麼玩笑。」

交戰隊伍的後衛故作強悍地笑著，反駁勞的話。

「只要能在這裡打倒處刑人，我們就出名了！現場有這麼多人在看，輸了你們可找不到藉口哦。」

對方的盾兵幫腔似地笑了起來。

「知道嗎？有不少人懷疑處刑人的存在哦。」

「……懷疑？」

「『處刑人只是用宣傳唬人的騙子』！世界上多的是傳聞中很強，但實際對戰後根本沒什麼大不了的傢伙。」

那只是眼紅的人常說的嫉妒言論。傑特對那無聊的謠言悄聲嘆氣，接著發現對方只有三個人。

「喂，你們的前衛呢？對戰名單上應該是四個人才對……」

原本萬分期待比賽的觀眾們，也開始發出不滿的抗議。

喂，對戰的隊伍在幹嘛啊？我們難得可以看到處刑人戰鬥的樣子，居然要棄權嗎？不過要面對那樣的對手，想棄權也正常——這些聲音愈來愈大，眼看規則上的進場時間即將結束，裁判迅速走上擂臺。

「第一場比賽，由於選手沒有到齊，由《白銀之劍》不戰而——」

裁判正要宣布結果時，一道人影終於從入口現身。

「總算輪到我出場了。」

無視裁判的話與現場氣氛，緩緩走上擂臺的，是穿著鐵製的重裝鎧甲（Heavy Armour），身材十分魁梧的攻擊手。

「——啊啊，這就是所謂的命運吧。」

鎧甲男大聲說著，一步一步地向前走。由於戴著頭盔，無法看清長相，不過那人背上的黑色戰斧，反射著燦爛的陽光。

「過去，我因見到你的力量而大受打擊。不論自信心或自尊心，全都化為粉碎……」

傑特因那耳熟的聲音睜大眼睛。露露莉與勞也是同樣的訝異反應。只有亞莉納不解地歪頭。對方的盾兵像是對傑特等人的反應感到滿意似的，得意地笑了起來。

「嘿，儘管驚訝吧白銀……我們為了在今天打倒你們，特地找來了『重磅』的成員。」

判斷比賽能夠進行，裁判又迅速走下擂臺。宛如今天的主角似般，大模大樣地姍姍來遲的鎧甲男繼續說著：

「不願接受現實的我，退出了冒險者的精英隊伍。原想放下武器，原想就此退休——可是……我沒有放棄！」

他愈說愈激動，終於走到傑特等人的前方，大聲自白：

「我進行了修行！我忍受風吹、雨打——最後！我重新站起來了！而且沒想到，竟然這麼快就有機會！能跨越那巨大的高牆！」

鐺！金屬扣具彈起，男人扔下包覆頭部的鐵頭盔，露出高鼻深目，有濃密絡腮鬍的臉。

「我總算能抬頭挺胸地向你報上我的名字了！沒錯！我的名字是——『暴刃坎——』」

瞬間，亞莉納召喚出銀色的巨大戰鎚，對著主動脫下護具、毫無防備的鎧甲男的臉敲了下去。

「啊～！」

鎧甲男發出微弱的叫聲，身體在空中劃出完美的拋物線。喀啦喀啦鏗鏘！一陣無謂的吵鬧聲響後，鎧甲男重重地滾落在遠方的地板上。

然後他霎那間安靜下來，一動也不動了。

「「「「…………」」」」

那毫不留情的攻擊，不只傑特等人，就連對戰隊伍與觀眾們，全都陷入了沉默。

「呃、那個，處刑人……」

在這種情況下，應該慎重地選擇使用的字詞，傑特心想。但其實他根本說不出該說的話。

亞莉納在比賽開幕的幾秒內打飛的鎧甲男，應該是坎茲。應該是坎茲沒錯。

坎茲原本是《白銀之劍》的前衛，與傑特等人是隊友。可是他在見到處刑人超絕群倫的力量後，大受打擊，退出了白銀。

沒想到居然會以這種方式再次與他相逢，真是奇妙的因緣啊——然而，坎茲再次因處刑人的手而凋零了。

「幹嘛？既然鈴聲響了，比賽應該就開始了。」

不過，亞莉納在意的，只有得到優勝而已。

「呃，沒有啦，雖然這點沒問題，可是剛才那是坎茲——」

「坎茲？誰？」

「……………」

希望坎茲完全昏迷，沒有聽到這些話……傑特在心中祈禱著，咳了一聲，舉起大盾牌。

「那、那就繼續戰鬥吧。」

「傑、傑特，剛才那個應該是坎茲——」

「露露莉。」

露露莉看著若無其事地準備戰鬥的傑特，擔心地開口。但勞輕輕地把手放到她肩上制止。

「別再繼續踐踏男人的自尊心了……這世上有些事，不去發現才是體貼哦。」

「你、你們……!!」

對面的盾兵看著話說到一半就被打飛的坎茲，漲紅著臉大叫：

「天下第一的白銀，居然偷襲一般的冒險者!?你們沒有堂堂正正戰鬥的高潔精神嗎！啊啊!?」

「堂堂正正戰鬥的高潔精神？」

沙，亞莉納向前踏出一步，對男子的話語嗤之以鼻。

「踏上戰場的瞬間，結果只有殺或被殺而已……」

「處刑人，先跟你說一下，殺人的話會因為犯規，立刻被淘汰哦。」

「……」

傑特叮囑道。這、這點小事我知道啦。亞莉納小聲反駁，再次看向對手。

「可、可惡！他要來了！後衛！」

也許是承受不了亞莉納安靜的殺氣，盾兵緊張地舉起裝在單手手臂的圓盾，指示後衛發動攻擊。同時，自己也準備發動技能……雖然明白對方想做這些事，但亞莉納不以為意，放低了重心。

「為了我的優勝獎品——」

「發、發動技能！〈熟慮的石——」

「去死吧啊啊啊啊啊啊啊啊啊——!!!!」

儘管敵方盾兵想發動技能，可是來不及。

亞莉納重重踏破以遺物碎片製作的堅固地板，筆直地朝盾兵衝去，朝盾兵的圓盾揮動戰鎚。

殺人的話似乎會因犯規被淘汰，所以稍微減輕了力道。

砰！伴隨著撞擊聲，圓盾化為粉碎。戰鎚餘勢不止地擊中盾兵的腹部，使其一直線地向後飛。咚咚咚咚！盾兵的身體刮著擂臺的地面，彈起、旋轉、滑行，最後誇張地重重撞在看臺前的牆壁上停下。

會場內鴉雀無聲。

對方打算發動攻擊的後衛、準備在衝突後替隊友恢復的補師，全都在目睹了處刑人凶暴的破壞力後，茫然地停下了動作。

「……他……他還活著嗎……？」

裁判連忙跑到盾兵身邊。雖然斷了兩、三顆牙，不過還有呼吸。

「比賽繼續！」

裁判直直舉起一隻手宣布，但剩下的補師與後衛仍只是呆立原地。他們那充滿恐懼的眼神，當然是看向了處刑人。

「幹嘛？」

亞莉納把戰鎚擱在肩上。那動作使兩人身體猛地一顫，齊聲大叫：

「「我……我們投降!!」」

26

「話說回來，沒想到亞莉納小姐居然那麼想要那種奇怪的人像呢。」

勞坐在比賽會場的看臺上，俯瞰著自己剛才所在的擂臺。露露莉坐在他身邊苦笑。

「嗯——人各有愛好嘛。就算是那種奇怪的東西，也是有人喜歡的。」

由於第一戰結束得太快，離下一場比賽還有時間，勞與露露莉決定到看臺觀戰。亞莉納丟下一句「連續加班害我睡眠不足，我去補眠」就消失了，至於傑特則是被女性粉絲追得到處跑，兩人果斷地放生了他。

「離下一場比賽還有時間，我們可以悠哉地觀察敵情——」

就在這時，周圍突然騷動起來。露露莉注意到後，跟著左右張望，發現看臺上觀眾們全以困惑又驚訝的表情，看著下方的擂臺。

「喂、喂，你們看……」

「一個人？只有一個人耶。」

「看起來不是盾兵也不是補師，只是攻擊手呢。」

「喂喂，就算招不滿隊友，也沒有一個人參賽的吧。」

勞也跟著向下看，便見一名冒險者眾目睽睽之下獨自站在擂臺上。那人身材消瘦修長，武器與護具都是市販品，並非遺物武器，整體的感覺很不起眼。

「反正是把出場當紀念的人吧。」

一名觀眾湊趣地說著，四周便哄然笑起來。觀眾們紛紛吹起口哨或出聲嘲笑那只有一個人的「隊伍」。因為在團體戰時，別說缺少關鍵的盾兵與補師，光是隻身參加比賽，就是擺明了不想贏。

可是——勞並不那麼想。

「……！」

勞見到那個人的瞬間，背脊立刻竄過一陣冷顫。

「應該是新人冒險者吧。參加鬥技大賽，應該是很好的經驗——勞？勞？」

被露露莉搖晃肩膀，勞總算回過神。

「你怎麼了？」

「……啊，沒有。我只是覺得那個人長得有點像我認識的人而已。」

勞把不知何時凝視著那不起眼冒險者的視線，移回露露莉臉上，勉強擠出笑容。其實勞從來沒見過那張臉，可是流竄全身的惡寒，使他非常在意。

「勞你有認識的人嗎？」

「那是什麼意思啦。」

勞趁機開玩笑，以手肘頂了頂露露莉，蒙混過去後，暗自呼出一口氣。

（剛才，那是……）

久未運作的神經被觸動了——只能這麼形容的，令人懷念的感覺。

「──哦、哦哦!?那傢伙挺行的嘛！」

勞正感到困惑時，觀眾們的嘲笑聲突然變成驚呼，有些人甚至驚訝到站了起來。勞連忙看向擂臺，已經有兩名冒險者倒在地上，無法戰鬥了。

倒地的──並非那名不起眼的冒險者，而是對戰隊伍的成員。

「怎麼了？發生什麼事了!?」

「不知道，他好像用了什麼沒見過的魔法……」

觀眾們逐漸動搖了起來。不起眼的冒險者在如此的氛圍下，以單手握著短劍，獨自朝對手前進。對方的隊伍只剩下後衛與補師了。

「發、發動技能！〈悄悄接近的影子替身〉！」

後衛的黑魔導士連忙詠唱超域技能。映在擂臺上的黑魔導士影子如蛇般扭動了起來，彷彿有自己的意志似地，攻向不起眼的冒險者。

「──蒼炎。」

勞確實聽見了，不起眼的冒險者低聲詠唱的魔法。

隨著詠唱出現的紅色火焰，是黑魔導士經常使用的火焰魔法。

所以，剛才他使用的沒聽過的魔法，果然只是普通的黑魔法。觀眾們正如此心想的瞬間，紅色的火焰開始薄薄地纏在他那看起來不怎麼可靠的短劍上。

最終，赤紅的火焰忽地變色，成為純藍之火。

「……！」

勞睜大眼睛，全身發直。

觀眾們一片譁然。超域技能的影子撲向不起眼冒險者，不起眼冒險者也反握短劍，將帶著藍色火焰的劍身刺向影子。

噗咻，皮球洩氣似的聲音響起。

超域技能的影子轉眼間消散。纏繞在不起眼冒險者短劍上的藍色火焰也一樣，雙方技能碰撞後互相抵消了。

「……咦……？超域技能消失了……？」

「那個人用的是魔法吧？」

勞周圍幾個察覺眼前發生的情況很不可思議的觀眾，不解地發問。沒錯，魔法的威力弱於技能，更不用說能與超域技能互相抵消了。

「所以那藍色的是啥？果然也是超域技能？」

「不過那個是魔法的詠唱吧……？雖然是沒聽過的魔法。」

「既然能和超域技能互相抵消，一定也是超域技能啦！」

「雖然不知道是啥，不過那傢伙很厲害呢！雖然看起來不怎麼起眼，但是挺行的嘛！」

「所以那個人不是把出場當紀念的呢。可是，那魔法到底是——」

周圍觀眾與露露莉的聲音，全都無法進入勞的耳中。

勞仍然感受著背脊的惡寒而戰慄不已。他安靜地屏住氣息，睜大眼睛，看著藍色的魔法，從乾燥的嘴唇吐出幾個字。

「……禁術——」

嘩——什麼都不知道的觀眾們歡呼了起來。不起眼的冒險者以謎樣的藍色火焰打倒了所有看起來比他強的敵人。這戲劇性的發展，使觀眾忘了疑問，大聲喝采。

不起眼的冒險者看似靦腆地搔頭，離開了擂臺。他縮著高瘦的身體，略帶惶恐地退場的模樣，完全沒有強者的霸氣。他走下擂臺前，忽地抬起了頭——與勞對上目光。

剎那之間。只有短短的一剎那間。

那個人的臉突然「垮了」。有如一掌拍爛製作精美的泥娃娃似地五官變形、崩落——現出了不同男人的臉。

凌厲的三白眼、蒼白的肌膚，右眼下方有顆痣，高挺的鼻梁與薄唇——

那是隸屬於闇之公會的暗殺者，賈多。

「……!!」

勞倏地站了起來。

「勞、勞？你怎麼了？」

露露莉訝異地抬頭看向勞。但勞沒有餘裕回答她的問題。不，是不知道該怎麼回答才好。他很少有這種無法在瞬間做出判斷的情況。正當他不知該怎麼反應時，那不起眼的冒險者——不，賈多已經消失在擂臺上了。

「……露露莉，下一場比賽，我可能沒辦法參加了。」

「咦咦!?」

勞勉強擠出這句話。露露莉被這唐突的話語地嚇得起身，但這時勞已經追著賈多，跑離看臺了。

27

暗殺者不會讓別人見到自己的武器。

原因誰都猜得出來，誰都能接受。

隸屬於闇之公會的魔導士們——被世人稱為暗殺者的人之中，有能夠使用不為人知、名為「禁術」之技術的人存在。那是被技能奪走地位的魔導士們，以他們累積的知識與執著，在漫長的歲月中所創造出來的，魔法的上位技術，是闇之公會的「武器」。正因為擁有禁術，闇之公會才能悄悄地存在於這個技能至上的世界的陰暗之處。

禁術的種類非常多，從無害的小把戲到極為危險的法術都有。掌握所有禁術的，只有闇之公會的會長。

闇之公會有一條唯一且單純，可是絕對的規定。那就是「不能把禁術外傳」。假如能使用禁術的人想脫離闇之公會，就必須以「消除記憶」的禁術消除那個人腦中與禁術有關的記憶。以這種方法徹底保護禁術的祕密。

不遵守這絕對的規定的人──被稱為「違規者」。

（蒼炎……是禁術之一哦……！）

那不是能在這麼多觀眾面前堂而皇之地使用的魔法。那麼做明顯是違規的行為。

勞從看臺的階梯向下，往擂臺的方向衝。儘管理智明白現在追過去已經太遲了，身體還是自顧自地動了起來。

下了階梯，來到擂臺入口時，賈多當然已經不在了。勞立刻前往大廳，在連接走廊的人群中努力找人，可是完全找不到那不起眼冒險者的身影。這是當然的。以消除氣息見長的暗殺者，不可能那麼簡單地被找到。勞暫時停下腳步，擦去汗水。

（賈多，你到底在想什麼……！）

賈多不是笨蛋。

違規的人，全都會被確實地「處理」，而且與闇之公會為敵沒有任何好處。賈多是最清楚這些事的人才對。那男人特地對自己露出真面目，做出類似宣戰的舉動後消失。很明顯不是來享受競技之樂的。

「勞！」

身後傳來呼喚自己的聲音，他轉過頭，見到追過來的露露莉。她一面喘氣，一面擔心地發問：

「勞，你怎麼了？沒辦法參加下一場比賽，是什麼意思？」

「……不，我──」

勞無法回答，支支吾吾後，沉默下來。

他無法對露露莉解釋這些事。闇之公會的成員賈多，在眾目睽睽之下公然使用禁術，違反了闇之公會的規定，打算在這場鬥技大賽中做出什麼事。雖然說明起來不難，可是勞那麼做的話，便是自掘墳墓。

他害怕會被這麼問道。

──為什麼你會這麼清楚闇之公會的事呢？

「啊，找到了。喂──你們兩個。」

勞正不知該如何回答時，遠方傳來呼喚兩人的聲音。傑特遠遠地跑了過來。

「下一場比賽快要開始了，我們快點去會場……咦？」
傑特說到一半忽然停下腳步，看著滿頭大汗的兩人詫異地皺眉。
「……你們怎麼了？」
「不，什麼事都沒有。」
勞立刻回答。露露莉不安地抬頭看他，但勞裝出與平常無異的模樣，輕浮地聳肩。
「我好像看到認識的人出場比賽，可是追過去找他時，他已經不見了。」

28

「哇——！哇——！你就是處刑人嗎！」
擂臺上，一名稚氣未脫的少年冒險者看著處刑人，哇哇大叫。
「只有一個人……？」
亞莉納看著對戰對手，皺起眉頭。
儘管比賽開始的鈴聲響起，站在擂臺上的對手卻只有一人。也不像是還會有其他同伴出來的樣子。
「裁判沒有中止比賽……也就是說，從一開始就只有他一個人報名了。」

同樣感到懷疑的傑特小聲說著。勞似乎在警戒什麼，沉默不語，露露莉看起來也有些緊張。

「是出場作紀念的人？」

對方一看就沒有想贏的意思。亞莉納向傑特發問，「不。」回答的人卻是勞。

「還是提高警覺比較好。我剛才看了其他隊伍的比賽，也有一個獨自參加的傢伙，輕鬆贏了四人一隊的對手。」

「單獨打贏了四人一隊……!?」

儘管白銀們很困惑，但對戰對手仍然開心地吵鬧著。

「我叫格爾茲！可以和傳說中的處刑人對戰，真是太光榮了！」

那少年看起來約十四、十五歲。身高與亞莉納差不多，身材的話，就算以最恭維的詞彙形容，也稱不上健壯。細瘦的身體上穿戴著輕便的裝備，腰間掛著短劍。唯一說得上特別的地方是，明明不是去攻略迷宮，身上卻帶著一個狀似裝滿物品的鼓脹皮袋。

「真是的～安排比賽的人也真過分，居然讓這麼可愛的我和處刑人對戰。你應該也捨不得用那個大鎚子傷害幼小又可愛的我對不對？」

「發動技能〈巨神的破鎚〉。」

「等一下等一下等一下！」

這傢伙煩死人了。亞莉納心想，毫不留情地召喚出銀色戰鎚。格爾茲見狀，臉頰抽搐了起來。

「我、我說啊，反正和你正面戰鬥的話我一定不會贏，所以我今天想做點有趣的事！」

格爾茲急急忙忙地說著，從皮袋中拿出兩件物品。

「！」

亞莉納睜大眼睛，感覺有如置身冰窖。

格爾茲以不當一回事的態度，從皮袋中拿出的——是兩尊外觀一模一樣的人像。但那不是普通的人像。抽象藝術般的身體線條，微微扭轉身體、嘲弄觀賞者似的姿勢，表面上刻滿了奇妙的花紋，身體內部有神祕地閃爍不已的神之印。

沒錯，那是本應展示在會場大廳的優勝獎品。

震驚的不只亞莉納。見到人像的觀眾們也大聲喧鬧起來。

「欸，你們看，那是優勝獎品吧？」

「為什麼會在那傢伙手上？」

「而且還有兩個……？」

「假的？是想做餘興表演嗎？」

「你！」

看不下去的裁判中斷比賽，走上擂臺逼問格爾茲。

「那是真品嗎？如果是真的，你就犯了竊盜——」

格爾茲別有深意地揚起嘴角，而亞莉納沒有看漏那表情。

「蒼炎。」

少年以食指指著裁判，小聲詠唱像是魔法的奇妙詞句。顆粒大小的奇妙藍色火焰倏地出現在指尖，如子彈般射向裁判。

「嗚、嗚哇啊啊！」

藍色子彈僅是飛過裁判頭頂，便把裁判嚇得跌坐在地上。格爾茲見狀咯咯笑了出來。

「老頭子安靜點，不要打擾我。」

格爾茲再次以帶著藍色火焰的右手指著裁判，天真無邪的笑容中隱約帶著一抹殘酷。那明確的敵意，使裁判臉色發白。

「慢著！」

傑特迅速舉起大盾牌，阻擋在裁判前方。

「攻擊裁判會失去比賽資格。你是故意的嗎？」

「沒……沒錯……！」

躲在傑特身後的裁判指著格爾茲，啞著嗓子大叫：

「這個臭小鬼，給你三分顏色，就開起染房了……！你失去資格了！淘汰！淘汰！」

裁判幼稚地大吼大叫。格爾茲冷哼一聲，不再理會他，轉頭看向亞莉納。

「老實說我覺得很奇怪，你居然會參加鬥技大賽。因為你看起來對這種事毫無興趣。」

亞莉納的心臟猛地一跳。

「……你想說什麼？」

亞莉納警戒地發問，格爾茲輕笑著，壓低聲音，呢喃似地道：

「你該不會是知道吧？這個人像的祕密……」

「……!?」

亞莉納不禁呼吸一亂。見處刑人僵住的模樣，格爾茲像是覺得自己猜中了一般，得意地挺胸。

「我也跟你一樣哦，處刑人。我知道這個人像的祕密。」

亞莉納說不出話，手微微顫抖。

被這傢伙知道了。他知道我把人像的頭彈斷的事情……！

絕望使亞莉納的腦袋一時間一片空白。強大的衝擊使亞莉納失去平衡，有種快要被吸入地面的暈眩感。由於過度動搖，亞莉納甚至忘了戰鎚的存在，沒想到還有一鎚打飛格爾茲，封住他口的做法。

儘管如此，亞莉納仍然咬緊牙關，努力讓自己恢復冷靜。可是格爾茲再次說出驚人之語：

「吶，和我玩個遊戲吧。這兩尊人像，一尊是真的，一尊是假的。如果你贏了，我就把真正的人像給你。但如果你輸了……我就當場讓所有人看到那人像『真正的模樣』。」

「…………!?」

「怎麼樣？要和我玩嗎？」

「……」

短暫的沉默後，亞莉納點頭。既然被格爾茲知道，就只能奉陪了。格爾茲滿意地把兩尊人像收回皮袋，攪弄一番後，再次拿出。

「好了，來猜猜哪個才是真正的優勝獎品吧？」

格爾茲露出惡作劇的笑容。

「只能回答一次哦。答錯的話，你知道會有什麼結果吧……？」

亞莉納沉下臉。格爾茲的笑聲愈來愈大，最後就像控制不住般，啊哈哈哈哈！變成縱聲大笑。

「快選吧！選錯的話，世界就會滅亡！世界的存亡就看你了！」

世界會滅亡？

那說法太過誇張，讓亞莉納心生疑惑。

（是指我平穩的世界會崩壞嗎……？……雖然不懂他的意思，不過隨便啦。）

「世界會滅亡……？」

至於身旁傑特，則錯愕地瞪大眼睛，看向亞莉納。

「處刑人，那是什麼意思？那人像有什麼祕密嗎……!?」

被質問的亞莉納沉默下來，冷汗直流。

優勝獎品人像的頭被我彈額頭弄斷了。

該說出來嗎？亞莉納苦惱了起來。如果是傑特，偷偷告訴他也沒關係。不對，但是只要得到那人像，完全犯罪就成立了。還差一點，只差一步而已——

「現在不能說。」

亞莉納沉重地回答。也許是從那話聲中感受到緊張，傑特不再多問。交給我吧。明白亞莉納看向自己的眼神中的意思，傑特輕輕點頭。

呼，亞莉納呼出一口氣，看向優勝獎品。

得快點做出選擇，得快點結束這無聊的遊戲才行。亞莉納內心焦躁地想著。因為，只要仔細觀察，就會發現真正的人像脖子上，有奇妙的龜裂……！

——而且雖然傑特很懂察言觀色地安靜了，可是他的眼力和直覺好到異常。哪個才是真正的獎品？被這麼問的話，他自然會仔細觀察起人像。必須在這傢伙發現真相前，結束這遊戲才行……！

「吶，快點選吧，處刑人！」

格爾茲像要對亞莉納的焦慮煽風點火似地說著。

「是要我給你提示嗎？如果你下跪求我告訴你，我就大發慈悲——」

「右邊。」

亞莉納斷然地說道。

「咦？」

原本愉悅地笑著的格爾茲，因亞莉納充滿自信的回答，瞪大眼睛連連眨眼。

「右邊。」

「……」

擂臺陷入了沉默半晌。格爾茲凝視著斷言是右邊的亞莉納，以眼神與之交戰。亞莉納非常有信心。因為右邊人像的脖子上，有細微的龜裂。

「……你確定？不多想一下嗎？」

「右邊。」

「再、再讓你考慮一……」

「右邊。」

「還是多想……」

「右邊。」

「……」

「……」

傑特在一旁看得緊張萬分。也許是接收到亞莉納的緊張，觀眾們也大氣不敢吭一聲地看著擂臺。

「——呿！為什麼猜得到啊……」

咂舌聲在競技場上小聲地響起。格爾茲原本高亢的少年嗓音沉下了幾分，五官因憎恨而扭曲。

「一點也不好玩！」

格爾茲抓狂似地大叫，把手中的其中一個人像扔給亞莉納……是左邊的人像。傑特立刻擋在亞莉納前方，以手臂揮開人像。

「不是那個！是右邊的！」

亞莉納忍不住喊出聲，但格爾茲抱著真正的人像，向後遠遠跳開。

「遊戲結束了！不玩了！想要這個的話，就改成從我這裡搶走的遊戲！」

格爾茲自顧自地說著，手中出現藍色火焰。那明顯帶著敵意的行動，使亞莉納靈光一閃。

（這……雖然不知道是怎麼回事，不過是個機會！）

亞莉納毫不猶豫地發動技能，呼喚出戰鎚。

「既然如此，就沒辦法了！」

「亞莉納小姐!?等一下，別貿然攻——」

儘管傑特出聲阻止，亞莉納仍然舉起戰鎚，朝格爾茲逼近。

「沒錯，我就是在等這個攻擊。」

格爾茲說著，瞬間把人像作為盾牌似地舉在面前。

「！」

已經揮下的戰鎚當然無法停止。雖然大腦理解格爾茲把人像作為盾牌，可是來不及命令身體停下。亞莉納的戰鎚毫不留情地，不，應該說比剛才更猛烈地，連著人像把格爾茲打飛了。

啪鏘，有什麼破裂的聲音，在競技場響起。

飛在半空中的人像，在觀眾、裁判與傑特的注視下，發出「啪嚓……」的空虛聲音。人像從腹部、神之印的正中央裂開，化為碎片四散。

觀眾們瞬間慘叫起來。

「嗚哇啊啊啊！優勝獎品啊啊啊！」

「純遺物！純遺物被打壞了啊啊啊!!」

見那莫名其妙的人像被毀，觀眾們有的驚叫、有的哀號、有的陷入混亂。至於位在視野邊緣的裁判，已經口吐白沫昏倒了。

但是，亞莉納很平靜。因為不管怎麼看，這都是不可抗力。不管怎麼看，都是把人像當作盾牌的死小孩格爾茲不對。不是我的錯。我只是不小心打中優勝獎品而已。也就是說——我在極為自然的情況下，徹底湮滅證據了！

亞莉納的臉一下子燦然生輝。

（太好了啊啊啊啊啊————！！！）

她在心裡大聲歡呼，開心到忍不住在帽兜底下露出奸笑。

被擊破的人像，先是大片的碎塊咚地落下，接著是更多的細小碎塊灑落，頸部斷開的頭部也混在其中。雖然說只有斷頸的部分不自然地沾了接著劑，但反正看不出來。

太好了，這樣一來就不必非得到優勝不可了。事情總算解決，可以回家睡覺了。

「咯咯……啊哈哈哈……」

「？」

亞莉納讓戰鎚消失，正打算回去時，格爾茲詭異的笑聲傳入耳中。

「謝謝你幫我破壞它。」

同一個瞬間。

碎裂的遺物發出強烈的光芒，緩緩飄浮起來。

金黃色的文字呈螺旋狀旋轉飛出，在皺著眉頭的亞莉納面前燦然排列，最終組成了一篇文章。

指定之冒險者階級：無

地點：黑暗之塔

達成條件：全樓層頭目之討伐

另委託者之名並未記明。省略接案者之簽名。

依上記內容，承認此項任務承接。

「祕……祕密任務!?」

傑特驚愕地喊道。咦？騙人的吧？亞莉納的臉頰抽搐起來。

「來吧，任務已經接受了。就招待你……前往隱藏迷宮吧！」

格爾茲說完，從皮袋中拿出一顆亞莉納不曾見過的綠色水晶。水晶正微微地發亮。

「亞莉納小姐，別接近那個！」

傑特警告時，已經太遲了。

綠水晶突然發出強光，包圍亞莉納的全身。身體輕飄飄地變輕，雙腳離開了地面。傑特抓住亞莉納手腕的瞬間——

「解放傳送！」

伴隨格爾茲愉悅的吶喊，亞莉納的視野被光芒淹沒。

29

飄浮感過後，亞莉納的雙腳踏在冰冷的石地板上。

「這是……哪裡？」

暈眩的視野恢復正常後，映入眼中的，是明顯與競技場截然不同的景象。亞莉納瞇起眼睛。

亞莉納的所在之處，是一處寬敞的圓形房間。裡頭寂靜無聲，昏暗，冰冷光滑的黑色石柱井然有序地排列在牆邊。牆壁與地板也都是以相同的黑色石塊砌成。

「……隱藏迷宮……」

傑特的聲音在身旁響起。看樣子他也被捲入傳送裡了。但是沒見到剛才的對戰對手格爾茲。亞莉納觀察四周，忽然注意到房間裡有光源。

「這是……」

那是一顆朦朧發亮的綠水晶。與格爾茲剛才拿著的相同。好幾塊綠水晶，零散地分布在黑色的房間裡。

「那是傳送裝置，不要接近比較好。」

傑特制止伸手想摸水晶的亞莉納。

「傳送裝置？」

「對。製作者不明的傳送裝置……」

傑特說著，環視零散分布著水晶的地面。

「前一陣子，阿爾塔農草原不是有出現魔物的騷動嗎？那就是利用這種傳送裝置，把魔物傳送過去的。」

這麼說來，在自己忙著處理大賽業務時，似乎有那樣的騷動呢。亞莉納想起這件事。

「也就是說，那個草原的魔物，是從這座隱藏迷宮傳送過去的？」

「恐怕是。可是，為什麼格爾茲能在大賽會場使用綠水晶傳送裝置？會場已經有好幾個冒險者公會製作的巨大傳送裝置了，應該會互相干涉，沒辦法使用才對……」

「──會場大成那樣，總會有勉強位於干涉範圍外的地點嘛。」

兩人倏地朝話聲傳來的方向看去，格爾茲從黑暗中走了出來。

「還不是因為冒險者公會的傢伙們愛慕虛榮，蓋了那種大到沒意義的會場。」

格爾茲咯咯笑著。雖然外表是少年，其眼中卻降下了蕩漾的黑影。他一反先前嘻皮笑臉的態度，聳了聳肩。

「其實我只想招待處刑人來而已，你也跟來啦？算了，無所謂啦。」

「……你是什麼人？」

傑特擋在亞莉納前方，警戒地低聲發問。格爾茲當然不可能是普通的冒險者。

「我是什麼人無所謂吧？——來吧，處刑人，該輪到你出場了。」

格爾茲朝地面一踏，地板便像在回應他似地亮了起來。

光芒迅速成為線條，連接成圓圈，圖形重疊、文字相連，複雜地結合在一起，最終成為一面巨大的魔法陣，在昏暗中模糊地浮起。魔法陣中還生出許多白色的光點，如氣泡般上升，最後集中在魔法陣的中央，形成人影——

「難……難道是——！」

傑特倒抽一口氣，亞莉納瞪大了眼睛。

從收束的白光中現身的，是一名金髮的男性。

他額頭上鑲著黑色石頭，身上刻有神之印——是活著的遺物，魔神。

30

「魔神啊，任務的時間到了。完成自己的使命吧。」

格爾茲嚴肅地對現身的魔神說道。

魔神回應格爾茲似地睜開眼睛。秀長的眼睛、筆挺的鼻梁、俊美到可稱為神祕的五官。手腳修長，身上穿著有奇妙花紋的長袍，氣質與擁有健壯肉體的魔神席巴截然不同。

然而覺醒的魔神並未開口，只是一動也不動地看著眼前的亞莉納與傑特。

「魔神。」格爾茲催道：「快點吃人，取得力——」

「閉嘴，愚蠢之徒。」

聽到魔神不屑的用詞，格爾茲瞬間驚訝似地瞪大眼睛。魔神明顯不悅地皺眉瞪著他。

「骯髒的鼠輩，仍然學不乖，想利用這力量嗎？」

「什……」

似乎沒想到魔神會這麼說，格爾茲臉上露出焦急之色。

此時，傑特忽地發現一件事。沉睡在隱藏迷宮的魔神，應該是吃了人類的靈魂才會甦醒。之前遇過的魔神，都是迷宮中有人死亡後才醒來，並且以殘忍的本能不斷殺人，以此換取神域技能。

可是這個魔神，卻在沒有人死亡的情況下甦醒、現身——

「你就是被這個任務選擇的人嗎？」

使格爾茲閉嘴的魔神，沒有任何遲疑地看著亞莉納，似乎明白她有與魔神對等戰鬥的力量。可是他眼中沒有好戰或殘忍的色彩，與過去遇見的魔神給人的感覺不同。傑特正感到迷惑時，魔神淡淡地開口：

「我的名字是拉烏姆。註定要與你戰鬥……但，我並不想那麼做。」

「魔神！夠了，你不允許擅作主張！」

聽見格爾茲的罵聲，拉烏姆反罵回去。

「閉嘴！都是你們這種惡徒，把這個力量用在罪惡的事上，魔神才會成為怪物的……！我——不，我們，不是為了這種事才製造魔神的!!」

拉烏姆怒吼，房間為之震動。傑特忍耐著那股壓迫感，對拉烏姆喊出的話感到疑問。

「製造魔神……!?是魔神製造出魔神的嗎？」

「不對。」

對於傑特的提問，拉烏姆激動地否認。

「我們本是人類。魔神是用來拯救世界的。我們不是為了做那種殘忍的事，才製造魔神的……！」

那雙手發顫、彎著身體，擠出聲音說話的模樣，看起來就像感到強烈的後悔與恐懼的人類。

（原來如此，魔神原本是人類……）

被鑲入魔神核的人類，會變成魔神。傑特得到了關於魔神的新知識。拉烏姆原本也只是人類，是基於某些原因，被鑲入魔神核，才會成為魔神的。

（他沒有被魔神核影響嗎……？）

拉烏姆口中的「那種殘忍的事」，指的恐怕是魔神滅亡了先人的事情。在拉烏姆身上，感受不到像之前遇過的那些魔神身上的殘忍。

「……你沒有吃人類的靈魂，為什麼能動？」

即使如此，傑特依然保持警戒，謹慎地向拉烏姆發問。

「……」

拉烏姆似乎稍微冷靜了一點，抬起頭道：

「說到底，就動力來源而言，人類的生命太強烈了。那是錯誤的做法。因為負擔太大，所以失控了。只要使用方法沒有錯誤，魔神是可受控制的……就像這樣。」

拉烏姆呼出一口氣，對著空中小聲說道：

「『解除武裝』。」

接著，鑲在額頭的魔神核出現變化。原本時不時閃爍的白光不再出現。

「在這種狀態下，我和普通人類沒有什麼不同。」

拉烏姆小聲說完，看向亞莉納。接著，口吐驚人之語。

「可以殺了我嗎？」

「……!?」

聽見始料未及的請求，傑特與亞莉納啞口無言。

「目前沉睡中的魔神，原本都是優秀又溫柔的人類，絕不是那種可怕的怪物……大家，都只是想為世界貢獻力量而已……」

「……」

「就算是我，也不知道自己什麼時候會被硬塞人類的靈魂，成為失去理性的怪物。我希望能在變成在那樣之前，從這顆核中解脫。」

亞莉納困惑地看向傑特，傑特也轉動眼睛看著她，不知該怎麼做。

該直接殺死保有人類的理性，也沒有交戰之意的拉烏姆嗎？關於魔神，他們有太多想知道的事。就在傑特猶豫著無法得出答案時——

有什麼東西，無聲無息地從上方降落。

那東西直接降落到拉烏姆面前，毫不猶豫地割斷他的喉嚨。

「咳……——!?」

大量的鮮血噴出，拉烏姆雙眼上翻，倒在地上。降落的是一名青年。他從拉烏姆的額頭挖下魔神核，咧嘴笑道：

「居然封了魔神的口，真是討厭的差事啊——」

青年起身，緩緩看向兩人。有特色的三白眼，蒼白的肌膚。青年看著倒地的魔神拉烏姆化為煙霧消散後，指著傑特。

「你就是那個吧，和勞同隊的人。叫傑特是吧？」

為什麼突然冒出勞的名字？傑特有些動搖。青年得意地笑了起來。

「我是勞的老朋友賈多。雖然做了自我介紹，不過你們馬上就要死了。」

傑特想走上前，可是又停下腳步。因為他注意到賈多手上的東西。

「傳送裝置……！」

注意到時已經太遲了。賈多舉起綠水晶，強烈的光芒淹沒視野。

31

光芒消失後，嘈雜的人聲傳入傑特耳中。

強烈的陽光照在頭上，是與靜謐又昏暗的迷宮截然不同的場所。這裡是競技場的擂臺，他們被拉進隱藏迷宮前的場所。

「啊，有人出現了！」

「是白銀的傑特和……另一個是誰？」

「處刑人不見了！」

無法理解發生了什麼事的觀眾們，在看臺上吵鬧不已。聽見他們的話，傑特心裡一驚，環視周圍，亞莉納確實不在身邊。

「亞……處刑人!?」

不管怎麼找，都沒有在擂臺上發現亞莉納的身影。

「啊——格爾茲也不在。是掉在哪裡了嗎？這傳送裝置不太穩定呢。」

回答出聲的，是一起傳送回來的賈多。他一面把從拉烏姆那奪來的魔神核如玩具般拋到空中又接住，一面興味索然地說道。

「掉在哪裡……!?」

「可能被留在那邊，或是掉在這會場的哪個地方吧。反正我的工作完成了，所以怎麼樣都好——」

賈多一把抓住被拋在半空中的魔神核，展示給傑特看，邪笑起來。

「話說回來，你還是擔心魔神核（這玩意兒）比較好吧？」

「……！」

他是打算化為魔神嗎——

傑特覺得背脊發涼。不難猜到賈多想做什麼。這個會場裡有這麼多人，假如他在這種地方化為魔神——

「就算變成魔神，人格也會因此改變，沒辦法照自己的想法行動哦……！」

「你什——麼都不懂呢。會被魔神核控制的，只有愚蠢地追求技能的蠢蛋而已哦。」

「什麼意——」

「你們！」

就在這時，一道怒罵打斷兩人的對話。傑特朝不知死活地插嘴的傢伙看去，只見裁判漲紅了臉，怒氣沖沖地朝這邊大步走近。

「所以我才討厭不守規則的傢伙！不但偷走優勝獎品，還在破壞獎品後消失，現在又突然冒出來，這裡可不是沒有規則的亂鬥場所！是神聖的競技場！快給我——」

「笨蛋，不要過來！」

儘管傑特出聲警告，但已經來不及了。賈多不感興趣地看了裁判一眼，攤開手掌生出小小的藍色火焰，將其朝裁判扔去。火焰球般的藍火，無聲地穿過裁判。

原本火冒三丈的裁判，瞬間停止了話語。

不，他是無法繼續說話。因為藍色火焰穿透了裁判的胸口，燒出了一個前胸通後背的空洞。

裁判的雙眼失去生氣，如斷線人偶般跪倒下來。

「……！」

那如吃飯喝水般的殺人行為，使傑特皺眉。

會場於霎時間鴉雀無聲——咕咚，在裁判的臉碰到地板的瞬間——

呀啊啊啊啊啊啊啊啊！刺耳的尖叫聲不知從哪處開始爆發。

「死了!?他殺人了!?」

「居然殺了裁判！」

「快逃！」

以此為開端，觀眾們爭先恐後地朝出口逃命，看臺一片混亂。

「啊～啊，笨蛋們真吵。」

賈多看著那場面，咧嘴嘲笑。

「你……！」

「吵死了，那些垃圾。」

賈多嘟噥著，把魔神核放入口中，毫不猶豫地吞下。那動作過於自然，傑特花了幾秒，才明白發生了什麼事。

「你把魔神核……!?」

「接下來會變成什麼樣子呢♪」

賈多覺得有趣似地張開雙手——同一瞬間，黑影忽然從他口中竄出，於轉眼之間包覆他的臉。那光景太過駭人，使傑特說不出話。觀眾們尖叫得更大聲了。

黑影逐漸聚集，最後在賈多額上形成黑色的神之印。

「嗯——果然品質好的『核』就是不一樣呢。」

賈多舔了舔嘴唇，綽有餘裕地笑道。

「……人格沒有改變……!?」

葛倫化為魔神時，個性變得與之前戰鬥過的魔神們一樣殘忍凶暴。可是現在，吞下魔神核的賈多卻正常地保持自我人格。

傑特正感到動搖時，賈多聳了聳肩。

「只要使用方式正確，『核』就不會失控。剛才的魔神不是說了嗎？使核失控的原因，是使用了錯誤的動力來源……人類的靈魂的緣故。換句話說，只要不使用人類的靈魂，魔神就能成為優秀又殘忍的殺戮兵器了哦。」

賈多理所當然地說著，傑特則皺起了眉。

「……這些關於魔神核的知識……你是從哪知道的？」

賈多太清楚魔神核的事了。這場面令傑特感到似曾相識。

「……是『那位大人』嗎？」

「那位大人」——把魔神核的知識告訴葛倫，引誘葛倫成為魔神的人物。那人長期操控葛倫，讓葛倫收回了魔神核。且告訴葛倫「把魔神核埋入人類體內，就能化為魔神」的，也是「那位大人」。那人相當熟悉魔神核的事，並且只告訴當事者片面資訊，掌握他人的弱點，並加以利用。

賈多殺死魔神拉烏姆時，曾說了「討厭的差事」之類的話。也就是說，他是按照某人的命令行動的。

傑特的發問，使賈多沉默了一下，接著他睜大三白眼，露出牙齒笑道：

「是啊。」

他承認得過於乾脆，讓傑特緊張了起來。

「不過啊，我可不推崇『那位大人』。那傢伙只想利用我，所以我也只是反過來利用那傢伙而已。神域技能？人類的靈魂？我才不要那些，我想要的只有力量。能讓崇拜技能的愚蠢世人見識真實、摧毀只會姑息的闇之公會的力量……！」

說完，賈多朝看臺的方向揮動手臂。原本被陽光照耀的會場突然暗了下來，傑特抬頭一看——倒抽了一口氣。

「！」

會場上方，出現了藍色的天花板。

不對，那些全是藍色的火焰。剛才無聲地穿透裁判身體的，凶惡的藍色火焰，如今覆蓋了整座競技場的上空。

「那……那是什麼……？」

觀眾們也暫時停下腳步，仰頭看著藍色的火焰，訝異又不安地發問。賈多揚起嘴角，露出殘忍的笑容。

「——問題來了。這個會場裡有多少人，能維持原形呢？」

還來不及思考，身體已經行動了。

「發動複合技能……！」

傑特單手碰觸地面，大叫：

「〈千重壁〉！」

霎時間，紅色的光芒以傑特的手掌為中心，如影子般朝四方竄出。光芒經過地板，爬上牆壁，延伸到看臺，餘勢不止地交織在半空中，成為紅色的天花板。

「嗚……！」

施展出足以包覆巨大競技場的技能，消耗的體力自然非同小可。傑特的臉色變得難看起來。

原本的話，必須先在各處張設〈鐵壁守護者〉，才能使出這個複合技能。但戰鬥時不一定有時間那麼做。經過無數練習，如今的傑特能省略準備動作，直接發動〈千重壁〉，算是不幸中的大幸。

彷彿在等待傑特的技能完成似的，賈多製造的藍色火焰，開始朝觀眾落下。

啪嘰啪嘰啪嘰！場內迴蕩著巨響，整座會場搖晃起來。看臺上方的紅色屏障擋下了藍色的火焰之雨。宛如冰雹砸在屋頂上般的巨響，使不知該往哪逃的觀眾們尖叫不已。

「嘿！還真厲害，這就是傳說中的複合技能？居然能對抗我的蒼炎啊！」

「嗚……！」

賈多虛情假意地稱讚傑特，藍色火焰的雨勢變得更猛了。

傑特全身冒汗。雖然他控制了重複使用的技能數量，但要守護整個競技場，範圍還是太大了。他體力消耗得飛快，雙腿開始發軟。

「魔神核能強化身體的所有能力，在體內流動的魔力當然也包含在內。也就是說現在的我，魔力無窮無盡。你自豪的複合技能，又能撐到什時候呢？」

賈多愉快地說完，臉色一寒，充滿憎恨地瞪著傑特。

「我要以魔法的力量，擊潰你們這些因為有優異技能而被推崇的白銀。讓那些認為技能最強的白痴，明白魔法的威力……」

「……這就是你的目的嗎……！」

賈多語畢，手中出現藍色火焰球，朝傑特扔去。

「可惡……！」

傑特一面維持著上空的障壁，一面閃躲飛來的藍色火球。那藍色火焰不是普通的魔法之火，絕對不能碰觸。肌膚與本能如此警告他。但光是維持上空的〈千重壁〉，傑特就筋疲力竭了，沒有餘力保護自己。

藍色火球接二連三地襲向傑特。每當傑特移動身體閃避，就會頭昏眼花，視野變得模糊。這是反撲到身上的急遽技能疲勞，傑特心裡有數。

蒼炎之雨仍然不停地下著。賈多站在原地，有如追捕獵物的獵人似地，不斷製造藍色火球，削弱傑特的體力。

「啊……」

忽地，傑特的一條腿沒了力氣。

技能疲勞——傑特正心想的瞬間，一顆追來的火球分裂成好幾個小火球，趁隙落在他腿上。

「嗚……!!」

傑特中彈的腿立刻冒出黑煙。傷口雖然沒有流血，卻被藍色火焰融掉皮肉，燒出傷口。強烈的劇痛，使傑特差點昏了過去。

這是，消耗戰。

傑特明白了賈多的意圖。從一開始，賈多就是以觀眾為人質，逼傑特施展技能，消耗傑特的體力。

「有破綻～」

新的火球立刻向傑特飛去。受傷的腿無法動彈，已經沒辦法閃避了。傑特緊急舉起大盾牌，把施展於上空的障壁分出少許在盾牌上。

「〈千重壁〉……!」

幸虧這臨機應變，藍色的火球撞上大盾牌，消散了。

「哦──第一次看到被蒼炎擊中還有意識的普通人呢。大部分的人早就痛到昏倒了──啊，不過你已經到極限了吧？」

上空的〈千重壁〉開始出現缺口。但還有一半的觀眾來不及逃走。

「既然有破洞～就攻擊那裡吧～？」

賈多嘻嘻笑著，如指揮家似地揮動手指。蒼炎開始集中在缺口處，如雨般落下。

「……！」

看臺，自己。雙方距離太遙遠，沒辦法同時守住兩邊——想到這裡，傑特毫不猶豫地解除了大盾牌上的防護力。雖然上空防壁的缺口修復了，但是，大盾牌上的技能紅光也同時消失了。

「哈哈哈哈哈！結束了～!!」

從一開始就在等待這一刻的賈多，朝傑特射出變形成巨箭的蒼炎。無法閃避也無法防禦的傑特，只能眼睜睜地看著藍色的箭朝自己飛來。直到最後一刻，傑特都沒有解除保護觀眾的防壁。

咻，令人不悅的聲音在腦中作響。

「……！」

蒼炎之箭穿透了傑特的腹部。

咳噗，傑特口吐鮮血，雙腿無力地彎折。手中的大盾牌匡噹一聲，落在地上。張設在上空的紅色防壁逐漸破裂，缺口愈來愈大。蒼炎之雨諷刺地停止時，紅色防壁也消失得無影無蹤了。

「我怎麼可能殺光觀眾呢？他們可是把白銀的可憐樣告訴世人的貴重證人哦！」

賈多放聲大笑。傑特聽著他的聲音，趴在地上，失去意識。

「……傑……傑特．史庫雷德……被殺了……!?」

觀眾們看著腹部開了個大洞，一動也不動的傑特，啞口無言。過於令人絕望的場面，使他們不由自主地停下腳步。

「啊哈呀哈哈哈哈!!」

賈多高亢的笑聲，迴蕩在寂靜的競技場上。他輕快地走到傑特身旁，一腳踩住了傑特的頭。

「吶吶～怎樣啊？被不是技能的魔法打倒，有什麼感想！吶！吶！你不是為了對抗神域技能，一直鍛鍊到現在嗎～？像魔法那種微不足道的能力，你根本看不上眼對吧～？哎呀，難道你已經聽不見這些話了～？」

賈多重重踹著傑特的臉，仰天大笑。

「我才不承認魔法比技能弱！」

笑到一半，賈多忽地轉頭。見到出現在視野邊緣的男人，賈多的臉愉快地扭曲起來。

「這不是勞嗎！」

勞與露露莉，正朝擂臺奔來。

「露露莉，隊長還活著嗎……!?」

「還、還活著。」

露露莉飛奔到傑特身邊，確認他的呼吸。勞也聽到了傑特痛苦的呼吸聲。雖然還有呼吸，但傑特已經奄奄一息了。

要是能早點來的話——勞對自己不久之前下的判斷懊悔不已。傑特與亞莉納被傳送裝置帶走後，他與露露莉離開了擂臺，到處尋找兩人。

「我會治好傑特的！一定……！」

露露莉堅定地說著，勞轉頭看向賈多。眼前的光景，使勞的心中充滿無法以言語形容的憤怒與懊悔。他努力讓自己的理智不被那些感情吞沒，瞪著前方的男人。

「……賈多……」

「唷，勞，你來得真慢啊。」

咻，微弱的破風之聲才傳入耳中，賈多已經逼到勞面前了。

「嗚！」

賈多手中揮出的，是上一場比賽時用的短劍。勞緊急地抽出腰間的魔杖擋下短劍。劍與魔杖交抵在一起，發出喀喀聲響。

「吶，你打算用這種東西用到什麼時候？要是太看不起人，我可是要認真了哦？」

唉，賈多興味索然地嘆氣，向後退開。

「快把以前的傢伙亮出來吧。我對窩囊的『後衛冒險者』一點興趣也沒有。」

「……」

見勞沉默不語，賈多不高興地皺眉。

「哦，是嗎？哦～是喔。那你就死在這裡吧！」

賈多激動地說著，手中出現藍色火焰。他任憑怒氣驅使，把火焰扔向——正在治療傑特的露露莉。

「……！」

呿，勞忍不住嘖了一聲，朝露露莉奔去。他邊跑邊扔下魔杖，唰地從左右手的袖子中拿出兩把短劍，反手倒握，小聲地詠唱咒語。

「蒼炎。」

藍色的火焰無聲地出現在劍刃，搖晃了一下後，依照施術者的意志，覆蓋整個劍身。

勞繞到藍色火焰球前方，以帶著相同的藍色火焰的雙劍劈開火球。

滋，輕微的聲響後，火焰球擦過勞的長袍袖口，消失了。

「……咦？」

露露莉驚訝地瞪大眼睛。

「勞……那魔法，是什麼？」

「……」

勞沒有回答露露莉的問題。

賈多煽風點火似地吹了聲口哨。

「是闇之公會的禁術哦，補師妹妹。」

「……咦……？」

儘管感受到露露莉的詫異視線，勞仍然不說話。

蒼炎。

比一般已知的火焰魔法強大太多的魔法。那提升到極限的火力，不但能堵塞傷口，防止其流血，甚至能把整個人「消滅」。非常適合作為暗殺的手段。

是闇之公會長年累月研究出來的，足以與超域技能匹敵的禁術魔法之一。

「禁……術……？」

露露莉錯愕的聲音，迴蕩在擂臺上。

「為、為什麼你能使用、闇之公會的禁術——」

「就是啊～為什麼勞能使用禁術呢？為什麼啊，勞？」

「……露露莉，這傢伙交給我，妳專心治療隊長就好。」

「但、但是……」

露露莉不安的視線刺痛著勞的肌膚。勞知道要她在這種情況下專心治療同伴，根本是強人所難，但比起為自己辯解，傑特的生命更重要。

「拜託妳了。」

「……我知道了。」

露露莉點頭，重新看向傑特。確認露露莉的樣子後，勞把視線移到賈多身上。

「嗯～不過這樣一來，我就確定了。你沒有被消除和禁術有關的記憶。這表示你果然沒有完全脫離闇之公會呢。」

「那又怎麼樣？這和違規的你沒有關係。」

「是沒錯～」

「脫離闇之公會、成為魔神，你到底想做什麼？」

勞一面找話題拖延時間，一面拚命思考。

（賈多的蒼炎太多了……明顯不是人類能製造出來的……）

由於蒼炎的威力極高，所以出現的數量有限，就算是魔力多的人全力施展，也只能製造小石頭程度的火球。也因此，施術者會把蒼炎包覆在武器或身體上，增加火焰面積，有效地使用。

穿透傑特腹部的巨大蒼炎之箭。光是製造出那種東西，就需要異常多的魔力量了。

勞瞥了一眼賈多額頭上的神之印。

（是因為吞了魔神核嗎……正面交手的話，一定會輸……）

「你問我想做什麼？」

賈多停下動作，斂起原本的嘻皮笑臉，自言自語似地說道：

「你啊，沒有感到疑問過嗎？為什麼世界上有技能那種東西？」

「啥……？」

「為什麼魔導士會被看不起，被排擠到邊緣？」

「……」

兩百年前，冒險者們飄洋過海，抵達赫爾迦西亞大陸的時代。當時，在海另一頭的異國，魔法是罕見且強大的力量。魔法分成藉著魔法利用自然現象的黑魔法，以及治療傷病的白魔法。能使用這些力量的人被稱為魔導士，被視為珍貴的人才。

擁有強大力量的魔導士，理所當然地以冒險者的身分，踏上赫爾迦西亞大陸。

但隨著時光流逝，移民到赫爾迦西亞大陸的人們陸續發芽了技能，魔導士的地位也因此逐漸降低。因為技能的威力比魔法強大。

人們追求擁有技能的人，「魔法」成為跟不上時代的過時力量。只會魔法的人被拋棄，擁有技能的魔導士，才能抬頭挺胸地說自己是冒險者。時代已經變得如此，同樣的情況，在補師身上也一樣。

「就算被人說『魔法的時代已經結束了』，還是有不打算依靠技能，選擇當純粹魔導士的人在。為了在技能至上的赫爾迦西亞，讓魔導士恢復原本的地位，那些人獨自研發出禁術，得到了暗殺者這個獨一無二的地位。」

賈多低聲說著，話中帶著掩不住的憎恨。

「可是啊，那樣一來，魔導士能做的，只剩以殺人為生那種沒人想做的骯髒事了。吶，你不覺得奇怪嗎？為什麼我們魔導士非得在見不得光的世界裡，靠著做骯髒事苟活呢？」

「……」

「一切全是技能的錯……！都是因為發芽了技能那種東西，兩百年前的均衡才會被打破……！」

賈多瞪大眼睛，聲音因激烈的恨意而顫抖。他低聲唸道：

「我饒不了賦予人們技能的神。我要讓這塊大陸恢復正常……再次創造魔法被稱為最強的時代……！」

像在表示話已經說完了似地，賈多聳了聳肩。

「好了～話說太久了呢。」

他恢復成原本輕佻的模樣，把右手放在地面。

「鳥喙冰。」

詠唱一結束，擂臺周圍迅速建起了冰牆。

打算冰封我們嗎？勞馬上揮動覆有蒼炎的雙劍，想斬斷冰牆，可是厚實的冰牆不為所動，劍被反彈了回來。

（蒼炎不管用……!?因為被魔神核強化過嗎……！）

蒼炎是連超域技能都能燒燬的強力魔法。假如蒼炎不管用——表示現在賈多使用的普通魔法，已經比超域技能強了。勞小聲咂舌，站在露露莉前方保護兩人。

「什、什麼……!?」

露露莉慌張地起身環視冰牆，為保護傑特而覆在他身上。冰牆延伸出天花板，於轉眼之間成為冰牢，把勞等人關在裡面。

「吶，勞……這麼久沒見面，讓我看看那個吧。你的技能。」

就在勞因這句話而僵住時，賈多已經欺至眼前。

「！」

勞千鈞一髮地躲開藍色短劍，大大地後退一步。接著才總算驚覺，賈多的目標是——

「露露莉！」

勞連忙回頭，只見賈多一把抓住露露莉的頸子，輕鬆地把她整個人提到半空中。

「嗯……嗚……！」

露露莉痛苦地想拉開賈多的手，但只是徒勞無功。

「吶，快點啊。不快使用技能的話，這傢伙會死哦？」

「……！」

「快點用啊。技能。讓你的同伴們看看，在這～麼狹窄的空間裡，你的技能是不是真的不・・・・・・・・・・能・用？」

勞無法立刻做下判斷，呆立原地數秒。賈多看著那樣的勞，冷冷地哼笑。

「想對這傢伙見死不救的話，也行啦。」

賈多說著，在另一手的短劍上點燃藍色火焰，朝露露莉的身體接近——

「——發動技能！」

勞仍無法明確地做出決定，在緊迫之間如此叫道，被迫使出在狹窄的室內不能使用的技能。他很清楚賈多的目的。但繼續遲疑下去就會害死露露莉。露露莉看著勞拚命搖頭，但勞仍然大喊：

「〈永增的愚者〉！」

發動的技能，使纏繞在雙劍上的藍色火焰猛地爆增。

光靠人類的魔力，頂多只有小石頭大的蒼炎，卻在勞技能的催生下，以驚人的速度增加，尋找出口似地在冰窖內四處竄動。藍色火焰無視施術者的意志，不斷膨脹，逐漸吞沒一切——

不對。暴增的蒼炎像被吸引般開始收縮，有如溫馴的忠犬似地，凝聚在勞的右手之中。

「……!?」

露露莉瞪大眼睛。這也是當然的。因為勞一直告訴她與傑特，〈永增的愚者〉是難以控制、無法在狹窄的空間裡使用的技能。然而，如今那「脫韁之馬般的技能」，卻在狹窄的冰窖內，乖順地照著勞的想法行動。

勞感受著露露莉的困惑，對賈多放出不斷增殖、濃縮的蒼炎。

轟！巨大的藍色火焰朝賈多衝去，露出獠牙。

那力道太大，手臂似乎快因反作用力被扯斷。勞以左手按住右臂，雙腳用力踏住地面。被解放的蒼炎化為巨龍，依照勞的意思，咬住賈多掐著露露莉脖子的右手就這麼將其扯斷。

「呃啊……！」

劇痛使賈多放開了露露莉。

34

賈多製造的冰牆融化消失。被放開的露露莉大口喘氣，一面在地上打滾，一面轉頭看著眼前光景。

賈多右肩出現一個大洞。只能這麼形容。被青龍通過的上臂於瞬間燃燒殆盡，連灰燼都不留。

失去肩膀的右臂落地。雖然肩頭燒出大洞，可是沒有流血，而是冒著黑煙。肉地焦臭味鑽入鼻腔。但是比起那些，眼前的光景讓露露莉更難以置信。

「技、技能……能在室內……使用……？」

她一直都聽說勞的技能〈永增的愚者〉由於威力太強，加上難以控制，所以不能在狹窄的室內使用。而勞也確實從來不曾在迷宮之類狹窄的場所使用過技能。即使是與守層頭目戰鬥，或者與魔神戰鬥都是如此。

「啊、哈哈哈，呀哈哈哈哈!!」

儘管失去整條右手，賈多仍然狂笑不已。

「吶啊啊啊啊妳看到了嗎？露露莉妹妹──────！這傢伙的技能！明明能！控制得很────好！只能在戶外使用什麼的，根本是騙人的啊啊啊啊啊!!」

「勞、勞？這是怎麼回事!?」

露露莉聽著賈多卑劣的笑聲，茫然地站著，向勞發問。

「你一直在騙我們嗎……？」

不管是與魔神戰鬥的生死關頭。沒有任何方法，陷入絕望時。或是傑特瀕死時。還有亞莉納瀕死時。

他其實能使用技能，卻一直裝成無法使用嗎？

「請、請你告訴我，事實不是那樣！」

「他說的沒錯。」

勞小聲地肯定了。

「如果是禁術的蒼炎，就能在室內使用技能。可是，在外人面前使用禁術的話，我就違規了。所以我一直隱瞞著這件事。」

「……」

露露莉臉色慘白，說不出話。

35

勞無法直視露露莉的眼睛。

「好喔友情瓦解，辛苦你們了！」

賈多笑嘻嘻地說著，撿起掉在地上的右臂。

「這傢伙本來也是闇之公會的人。是靠著那技能，殺了不知多少人的暗殺者哦。真狡猾對吧？闇之公會明明是不使用技能的團體，這傢伙卻被魔法和技能同時眷顧。可是有一天，又突然脫離闇之公會，跑去當冒險者。」

賈多碎唸著，把右臂強行按在肩上。雖然肩頭的斷面燒焦了，賈多卻像幫泥娃娃接上手似地，若無其事地把手臂接了回去。

「哼，不過就算成了冒險者，到頭來，勞好像還是得不到憧憬的『朋友』呢？這也是當然的，愛說謊的傢伙，怎麼能當朋友呢？」

賈多的身影忽地消失。

「！」

看丟了。勞渾身發冷的瞬間，銳利的劍鋒冷不防地從側面出現。

勞反射性地將上半身向後仰，勉強避開攻擊。利刃隨即迴轉方向，直指勞的咽喉。

錚！勞以雙劍擋下賈多的短劍。雙方武器交錯在一起，賈多以昏暗的眼神凌厲地瞪著勞。

「我要用魔法粉碎你那了不起的技能。」

說完，賈多向後一躍，遠遠跳開。他張開雙手，製造蒼炎。巨大的藍色火焰在雙臂之間旋繞著，體積愈來愈大，使勞瞪大眼睛。

光是製造出蒼炎，就需要消耗普通魔法一倍以上的魔力了。要不依靠技能，製造出那麼大量的蒼炎，人類所擁有的魔力量是無法負荷的。魔神核果然讓賈多的魔力大增。

「我這被魔神核強化過的蒼炎，看你要怎麼接下？」

呀啊啊啊！賈多愉快地大笑。

「反正你只有技能嘛！」

他咆哮著，朝勞發射巨大的蒼炎團塊。

蒼炎捲起熱風前進，擂臺因此熔化變形。勞正想以平常的習慣閃避，又硬是停下了腳步。

這次不能再閃躲了。因為他身後有露露莉，以及倒地的傑特。

「……！」

勞全身寒毛直豎。被那麼巨大的蒼炎碰到的話，瞬間就會死亡吧。不對，應該說是「消滅」才對。

這時候，勞忽然想到傑特。背負同伴們的生命，做好承受所有攻擊的覺悟。傑特一直都是以這種心情站在前方，絕不逃避的嗎？

「發動技能——！」

勞做好覺悟，扔下了雙劍。他將力量灌注在雙手，點燃藍色的火焰。

他不打算拋下露露莉與傑特，也絕不願意見到他們死。

勞很喜歡與他們一起度過的時光。因為想保護那些時光，至今為止，他才會不斷地撒下謊言。

「——〈永增的愚者〉！」

勞以技能製造的青龍，與賈多的蒼炎碰撞在一起。

36

「……閃開，閃開啦……!!」

亞莉納在混亂的人群中，努力地在推擠中逆向前進。

被隱藏迷宮被傳送裝置的光芒包圍後，亞莉納一個人被扔在拱廊的出入口附近。她還無法理解發生了什麼事，競技場那頭又傳來尖叫與騷動聲。觀眾們爭先恐後地朝拱廊這頭湧來。那些人臉色蒼白，臉上充滿驚恐之色。看得出是為了逃命才離開競技場的，沒人有多餘的心力注意到打扮成處刑人的亞莉納。

「……！」

傑特他們應該在比賽會場那頭。而且現在大概正在戰鬥。

傳送回這裡前，那個殺了魔神的男人奪走了魔神核。只要那男人想，隨時可以化為魔神。再加上眼前的混亂——

焦躁感在胸口擴散。儘管告訴自己不用擔心，亞莉納仍然無法消除強烈的不安。

朝著出口湧來的人潮，阻擋亞莉納的去路。雖然拱廊建造得很寬敞，但她畢竟打算與好幾千人逆向行走。亞莉納努力地來到拱廊兩側的攤位，爬上連接在一起的桌面，從那裡朝競技場前進。

「傑特……！」

最令她擔心的，是那個八成會第一個瀕死的男人。有不祥的預感、有不祥的預感——焦躁感驅使她移動雙腿。她一面擔心傑特，腦中閃過另一個男人的身影。

前往迷宮後，再也沒有回來的冒險者——許勞德的背影。

傑特是不是會和許勞德一樣，再也回不來了？強烈的不安，使亞莉納心急如焚。因為，假如傑特發現亞莉納不在，一定會先來找她。身為盾兵，傑特總是以保護亞莉納、保護同伴為優先。

然而他沒有來。為什麼沒有來找自己？平常的話，他明明都會喊著「亞莉納小姐」，神出鬼沒地從各種地方竄出啊。

「閃開啦！」

亞莉納從連著的桌面跑過拱廊，來到偌大的大廳，再次擠進人群裡。幸好大廳夠寬敞，比拱廊容易前進，亞莉納打算進入通往競技場的連接走廊時——

「不能過去。」

身後驀地傳來的聲音，使亞莉納停下腳步。

是男人的聲音。有點低沉，帶著慵懶，十分無精打采……但是語氣深處帶著少許溫柔的聲音。

那懷念的聲音，在一瞬間驅散了亞莉納所有的焦躁。

彷彿時間停止似的，周圍不再混亂，喧鬧也消失了，成為無聲的世界。人們彼此推擠著，從亞莉納身邊通過。

那熟悉的聲音，使亞莉納的腿微微發抖。

怎麼可能？不可能有這種事。亞莉納如此心想，回過了頭。

在忙著逃命的人群中，唯有一名青年冒險者安靜地佇立。

那人的年紀不到二十五歲，身上穿戴著市售的護具與武器，外表很不起眼，只能與其他人一起歸類成「一般的冒險者」。身材相當削瘦，就算說得再委婉，也不能說很適合戰鬥。過長的頭髮毛毛躁躁的，臉上長著沒刮乾淨的鬍渣，看起來一點氣勢也沒有。

只是隨處可見的平凡冒險者罷了。但是，對亞莉納來說，那是非常珍惜地收藏在回憶中的身影。

「……許勞……德……？」

亞莉納顫聲說出那個人的名字。不起眼的冒險者——應該已經死了的許勞德，與活著時一樣，對亞莉納聳了聳肩。

「我就說了，當冒險者沒什麼好事。安分地當櫃檯小姐就好了。還被捲進這種事裡……」

「咦……？」

「和魔神戰鬥？為什麼非妳不可？那不是妳的分內工作吧？」

「……」

「妳沒必要去。現在還來得及，快回頭吧。」

很明顯地，眼前的許勞德，是卑劣的幻覺。

因為他的外表與十年前一模一樣。就連說話的內容與動作，也都像從十年前穿越過來似的。

「……回頭？」

亞莉納複述著許勞德的話，心中出現莫名的疙瘩。

回頭？扔下傑特他們？

「是啊。妳沒有非戰鬥不可的理由吧？交給那些白銀處理就好。」

「……」

啊啊，原來如此。

亞莉納忽然明白了。對年幼的亞莉納來說，許勞德說的話有非常大的影響力。正因為很喜歡他，所以會被他的一言一行影響。會成為櫃檯小姐也是因為他。

可是，亞莉納已經十七歲了。成為櫃檯小姐，經歷了許多事，成長了許多。

「不。我要去。」

許勞德眉尾一挑。

「的確，這或許是冒險者的工作沒錯。直到不久之前，我也是那麼想的。可是，現在不一樣了。」

自己已經與直到不久之前，為了逃避許勞德的死而成為櫃檯小姐，不正眼注視冒險者的亞莉納不同了。

「我有了不想失去的人們。如果會失去他們，我寧願戰鬥。」

如今的自己，是基於自我意志做著櫃檯小姐的工作。而且也有非戰鬥不可的理由。因為有想保護的人。

「想妨礙我的人……」

亞莉納握緊的手中，銀色戰鎚出現。她用兩手舉起戰鎚，朝許勞德衝去。

「就算你是許勞德，我也會揍扁你!!」

「欸!?慢、慢著、有話好好……!」

許勞德緊張了起來，但亞莉納毫不留情地揮下了戰鎚。

「冒牌貨給我閉嘴!!」

咻！使出全力的戰鎚空虛地穿過許勞德的身體。許勞德的身影倏地消失，取而代之地，有人倒在地上。

「哇啊！」

從許勞德的身影中出現的，是一名矮小、帶著少年模樣的冒險者——不久前才剛在鬥技大賽上交手過的少年冒險者，格爾茲。

「……」

「……」

兩人互相看著對方，半晌間大廳裡陷入尷尬的沉默。

「那……那個，這是，呃……」

「哼──嗯??你挺看不起人的嘛……?」

轟轟轟……亞莉納周身猛地冒出憤怒的火焰。由於憤怒過頭，亞莉納甚至不由得笑了。

這個名叫格爾茲的傢伙，先是以亞莉納想要的優勝獎品要人，又把她轉移到隱藏迷宮。光是那樣就夠煩人了，最後還要假扮成許勞德騙人，沒禮貌也要有個限度。亞莉納的忍耐已經到極限了。

格爾茲抬頭看向肅然站到自己面前的亞莉納，連忙裝出可愛的笑容，想打發過去。

「沒、沒有啦──這是，那個，作戰計畫的一部分嘛，我只是照著賈多的吩咐去做而已……那個，我的技能……」

「看不起人──」

「噫噫噫噫我反對暴力！反對暴──」

「也要有個限度──!!」

滋咚，整座競技場搖晃起來。亞莉納的憤怒之鎚，連著周遭數名來不及逃走的觀眾，把格爾茲遠遠地打飛了。

從懂事起，勞就已經過著以魔法殺人為生的生活了。

為什麼會走上這條路，起因已經記不得了。好像是為了脫離又冷又孤獨的流浪生活，所以主動敲響了闇之公會的門。回過神時，勞已經被稱為公會第一的暗殺者了。

可是，我——

就算成為暗殺者，勞還是經常看著孤兒院的院子發呆。因為他喜歡看同年紀的孩子們在外頭遊玩的模樣。

就在勞茫然地想著這種事時，在廣場上遊玩的孩子們的球滾到他腳邊。

孩子們第一次把視線放在勞身上。年紀還小的勞緊張了起來。被總是單方面地注視著的、憧憬又眩目的存在注意到，使他緊張到全身發直。就連以利刃割斷大人的咽喉時，都沒有這麼緊張。

「……！」

我也想一起玩。

從地上撿起球的瞬間，勞情不自禁地如此渴望。說不定，鼓起勇氣的話，他們也許願意讓自己加入。這想法閃過腦中。成為朋友的話，也許還能約好明天一起玩。

勞一直憧憬的東西，就近在眼前。他興奮地心跳不已，鼓起勇氣對來拿球的孩子們開口：

「那、那個，我、我也想一起——」

孩子先是驚訝，然後一起大叫起來。

「嗚啊！這傢伙是最近常常偷看我們的紅毛！」

「好可怕——！」

「院長說要小心他！」

他們大聲嚷嚷著，搶過球後就跑走了。

「……」

早知道就不開口了。被留在原地的勞後悔地想著。他早就知道了。自己和他們住在不同的世界。為了活下去加入闇之公會，雙手染滿鮮血，身上有許多祕密的他，一定沒辦法加入平民孩子的朋友圈。

勞淒慘地想著，正打算調頭回去時——咚，咚，球再次彈到他腳邊。

「？」

勞停下腳步回頭，見到一名沒見過的少年。年紀與勞差不多。

「幫我撿球。」

少年笑著對勞開口。

「咦？嗯、嗯……」

勞困惑地把球丟了回去。少年接過球，卻不立刻離開，只是打量著勞。

「做……做什麼？」

「你沒有朋友嗎？」

勞肩膀一顫。

「那、那又怎麼樣！不要管我！」

被戳中痛處，勞忍不住大叫。被取笑了。就在勞羞恥到滿臉通紅時，意料之外的話鑽入耳中。

「那你跟我玩吧。」

「……啊？」

「一個人很無聊吧？我叫夏羅，你呢？」

「……」

勞張口結舌，一時間說不出話。回神後，他趕緊小聲回答：「勞。」夏羅開心地笑了起來，把球再次丟給他。

隔天，勞前往同個廣場，夏羅還是在那裡玩。他見到勞，理所當然地邀他一起遊玩。從那天起，勞每天都會去找夏羅玩。

「你看，夏羅！」

有一天，勞一如往常地前往廣場，把剛學會的魔法展現給夏羅看。

雖然只是火柴程度的小小藍色火焰，可是夏羅卻雙眼發亮。

「唔哦哦哦好厲害！雖然不知道這是什麼，不過感覺好厲害！」

「對吧？這可不是普通的魔法哦。」

勞得意地說著。年幼的他，不知道這麼做是多麼罪大惡極的行為。

「這叫蒼炎。雖然我現在的魔力只能製造這一點點火焰，可是長大後，會變成很厲害的魔法哦。」

「真漂亮。」

「笨蛋，這不是好看的，這是很強的魔法哦！」

「那你會成為很強的冒險者耶！」

「咦？」

夏羅馬上接著說道，勞驚訝地眨眼。只見夏羅興奮地漲紅臉：

「我知道哦，黑魔導士是冒險者隊伍裡的後衛。我以後也要當冒險者！啊，對了，成為冒險者後，我們來組隊吧。你當後衛，我當前衛！」

「啊……好，好啊！」

有種突然被潑了冷水，從夢中被拉回現實的感覺。

勞無法成為冒險者。因為他已經是闇之公會的成員了。但夏羅的話仍然讓勞覺得很開心，只能以複雜的心情笑著點頭。

在那之後，勞仍然每天與夏羅一起玩。和夏羅在一起的話，不論做什麼都很快樂。兩人一起遊玩了大約一個月後，某一天。

勞一如往常地前往廣場，一如往常地向夏羅打招呼。夏羅回頭，反應卻一反常態。

「唷！夏羅。」

「……你是誰？」

他打量著勞的臉，疑惑地發問。

「咦？」

勞停下腳步，不知道夏羅在說什麼。本來以為夏羅是在開玩笑，可是他看著勞的眼神，就像在看陌生人一樣。

「你、你在說什麼啊？我是勞啊。」勞拚命地說著：「有些玩笑不能亂開——」

「勞……？」

就算聽到「勞」這個名字，夏羅也只是一臉莫名奇妙地複述而已。直到昨天為止，他明明都叫這名字叫得理所當然。

「對不起，我真的不知道你是誰。你是不是認錯人了？」

說完，夏羅被其他朋友呼喚，離開了。

「……咦……？」

被留下的勞，茫然地站著，不明白發生了什麼事。

「——勞。」

這時，低沉又沙啞的聲音從身後響起。那是勞聽慣了的老人的聲音。不應該出現在這裡的，闇之公會會長札法的聲音。聽到那聲音，勞理解了一切。

「……你消除了嗎……夏羅的記憶……」

勞握緊拳頭，瞪著自己腳尖發問。身後的氣息沒有任何動搖，答道：

「沒錯。蒼炎是禁術，是公會的機密。不能被外人知道。就算對方是懵懂無知的孩子也一樣。」

「為什麼……連我的記憶都……」

「與消除知識不同，消除『偶然見到的記憶』時，很難控制細節的部分。所以必須把使用禁術的人、使用禁術的情況，以及所有相關的記憶全部消除。說起來，你的行為已經違規了，本來的話必須殺了你——」

勞回頭，揪住札法的衣服。

「那就殺了我啊！」

札法住了口。

「殺了我不就好了！為什麼，連記憶都……！」

「……不論你是死是活，都是一樣的。那孩子見到禁術的記憶，都必須消除。」

淚水湧出眼眶。

被遺忘的話，不如在那之前就被殺死算了。

「……那是我，第一個交的朋友……！」

到頭來，勞與夏羅的友誼就此結束。夏羅沒有突然回憶起勞的事，前來找勞，勞也沒有再去找他。反正友情就是這種程度的事而已。在那之後，勞不再交「朋友」，讓自己埋首於任務之中。

日日月月過去，十五歲的某一天，勞向闇之公會會長問道，真的只是隨口一問。

「吶，爺爺，我可以離開闇之公會嗎？」

「可以啊。」

答應得過於爽快，勞不由得把喝到一半的酒噴了出去。坐在他對面的闇之公會會長札法嫌棄地皺眉。

「髒死了……不要這樣。」

「咦？真的嗎？我還以為你不會答應呢。」

「你以為闇之公會是黑道嗎？」

「不是嗎？」

「只要不違規就無所謂。過去也有不少消除記憶後，回到一般社會生活的人。不論在黑社會或一般社會生活，都一樣得遵守規定哦。」

呼，札法嘆了口氣，小聲呢喃道：

「勞……以前，老夫對你做了過分的事。」

「……」

過分的事。勞立刻明白札法指的是什麼。是夏羅的事。事到如今，勞模糊地回憶著陳年往事。

「……爺爺沒什麼好耿耿於懷的吧。」

勞輕笑著聳肩。

「那本來是把禁術展現給外人看的我不好。是我自作自——」

「嗯？老夫沒有耿耿於懷哦，那整件事全都是你不對。」

「…………這個臭老頭……」

雖然明白是自己不好，但札法那吐舌頭作鬼臉的模樣，還是令人火大。勞抽搐著嘴角，做著深呼吸，努力忍住揍這老頭一拳的衝動。看著那樣的勞，札法愉快地笑了起來。

「雖然沒有耿耿於懷，但是在那件事之後，老夫發現你有點太早加入闇之公會了。」

「啥？現在才說這些？我已經在闇之公會待了超過十年了哦？」

「你已經賺到足夠生活的錢了。」

「……」

的確，一開始勞就是是為了賺活下去的錢，才加入闇之公會的。而闇之公會也確實讓勞工作賺錢，教了他賺錢的方法。就這層意思而言，勞已經達成了加入闇之公會的目的。

「勞，你擁有老夫沒有的東西。既然你已經達成目的了，就沒必要繼續待在闇之公會。」

「超域技能的事？是是是，這種挖苦我聽膩了——」

「不是。」

札法直視著勞的眼睛。

「是對人類懷著希望的心。」

「……啥？」

勞訝異地皺眉。見狀，札法呵地微笑起來。

「人類是愚蠢至極的生物——老夫只有這樣的想法。但你不同。如果你對人類絕望了，再回闇之公會吧。」

「……消除了和禁術有關的記憶的我，就算回來，也無法成為戰力吧。」

消除與禁術有關的記憶後，勞就和普通的魔導士沒兩樣了。由於他的超域技能無法控制一般魔法，所以派不上什麼用場。也就是說，脫離闇之公會，等於放棄過去學會的各種戰鬥技能。勞做好了這樣的覺悟。

「沒錯，不過啊……」

札法的音色突然明亮了起來。他豎起手指。

「勞，要不要和老夫做個約定？只要你接受老夫的交換條件，脫離闇之公會時，就不需要消除記憶。老實說，放棄你的力量太可惜了。」

「交換條件？」

還是一樣難纏的老頭呢，勞心想著，認真聽札法說話。

「雖然不需要消除與禁術相關的記憶，但是在脫離闇之公會後，也要幫老夫做事。具體來說，就是幫忙處分違規者……違規者會使用禁術，實力不夠的人可能會被反擊。」

「聽起來只是想壓榨我嘛——」

「這樣一來，你也能活用技能。這提議不壞吧？反正你會去當冒險者吧。」

「……」

札法以看透一切的語氣說著。被猜中心事，勞嘛起了嘴。

「沒有啊，我對禁術和技能又沒有眷戀——」

——成為冒險者後，我們來組隊吧！

勞忽然想起令人懷念的往日話語。

夏羅成為冒險者了嗎？已經是很強的前衛、找到隊友，開始在迷宮冒險了嗎？如果是那樣，自己成為冒險者的話，也許就能再次遇見夏羅吧。

（……不過，如果要成為冒險者的話，有強力的底牌比較有利啊……）

雖然不能在一般人面前使用蒼炎，但有什麼萬一時若能作為自保的手段，繼續使用的話也不壞。雖然稱了札法的心意，幫他做事，讓人有些不爽，但如果真的不想做，大可消除記憶，徹底脫離闇之公會。

「好吧，我接受。」

「哦，你難得這麼老實。」

「又沒什麼關係。」

「……」

「順便告訴你，以前和你一起玩的那個叫夏羅的少年，沒有成為冒險者哦。」

「他已經成家了，現在是公會職員，過著安穩的生活。」

唉～勞嘆了口氣。

「爺爺，你的個性真的很差耶。這種事是現在該說的嗎？我的夢想直接破碎了一個哦。」

「應該說老夫幫你省下了被無謂的幻想浪費的時間呢。」

札法哈哈大笑後，忽地壓低了聲音。

「你期望的事全都不會發生。這樣也無所謂嗎？」

「嗯，無所謂。」

就算知道夏羅沒有成為冒險者，勞也不感到意外。夏羅開朗活潑，有很多朋友。就算不成為冒險者，從事危險的工作，也能在一般社會過得很好。再說，知道他沒有從事危險的工作，反而使勞有點安心。

「那約定就成立了。我現在就要離開這種死氣沉沉的地方了。」

「保重啊。」

如此這般，勞脫離了闇之公會，成為冒險者，在不知不覺中成為了《白銀之劍》的一員。

他原本打算過足冒險者的癮後，就找個時機退休。

可是——名為魔神的麻煩存在卻在這時出現，使他難以說退休就退休。不，更麻煩的是傑特與露露莉的存在。

假如在他們面前使用禁術，勞當然會成為違規者。不只如此，闇之公會還會立刻前來消除兩人的記憶。把勞的存在從他們的記憶中消除，過去與勞相處的，所有回憶。

——……你是誰？

夏羅的話，一直刺痛著勞的內心深處。

從來沒想過，被遺忘是這麼痛苦的事。

他再也不願經歷那種事。

希望傑特他們不要忘了自己。所以不論在什麼情況下，他都沒有使用禁術。

真傻。勞心想。執著於那種事，所以不斷說謊，欺騙同伴，甚至眼睜睜地看著他們陷入危機——

38

「勞……!!」

露露莉啞著嗓子大叫，聲音空虛地迴蕩在競技場上。

咕咚，勞倒在地上，側腰出現大塊缺口。他周圍的地板被掀起，熔化變形。兩道驚人的熱源劇烈碰撞的慘狀，活生生地展現在競技場上。

賈多利用魔神核製造的最大級蒼炎。勞以超域技能〈永增的愚者〉製造的蒼龍。勞的倒地，說明了雙方正面衝突的結果。

「啊哈哈哈哈！我贏了——！」

賈多用力拍手，大聲嘲笑。

起初，勞的技能與賈多的蒼炎勢均力敵。但勞的火勢逐漸被壓倒，最後被以魔神核強化過的賈多的魔力量打敗。勞勉強錯開攻擊軌道，讓火焰只擦過自己腰部，努力將傷害減到最小。

「啊……嗚……」

但勞的傷勢不是一句「被魔法火焰擦過」就能帶過的程度。光用看的就覺得慘不忍睹，而且傷口還冒著熱氣，勞痛到全身冷汗直流。

「發動技能，〈不死的祝福者〉！」

那傷勢太嚴重，不是普通的治癒光能治療的。儘管露露莉已經將技能施展在傑特身上了，她還是再次發動了技能。重複發動技能，露露莉的身體一下子變得沉重，但勞的顫抖稍微減緩了。

「哦~見到有趣的場面了呢。」

沙沙，賈多的腳進入露露莉的視野之內。見到的瞬間，腹部傳來沉重的衝擊。自己被賈多踢中了。露露莉理解到這點時，身體已經飛在半空中，摔落在地板上了。

「唔……！」

露露莉掙扎著想爬起，靠近勞的身邊。可是賈多擋住了她的去路。

「好了～最後只剩妳了。妳的技能……隨便怎樣都行啦。」

賈多不感興趣地碎唸著，再次抬起腿。

「……！」

露露莉反射性地閉上眼睛，但是沒有衝擊傳來。

她訝異地睜眼，一道背影出現在面前保護了她。

那人搖晃著身體，擋在賈多面前。是傑特的背影。

「傑特！你還不能動……！」

腿上與腹部的破洞都還沒有治好。而且過度使用技能造成的疲勞，正侵襲著傑特全身。

「哦哦～還站得起來啊？你也真厲害。」

賈多忍不住拍手喝采。

「看到『騙子勞』的模樣了嗎？以前你們戰鬥到吐血時，他都在後面偷懶哦。你一直當成同伴，拚命保護的，其實是那種人——」

「閉嘴。」

傑特低聲打斷賈多的話。

「勞是我們的夥伴……！」

傑特瞪著賈多，眼中燃著絕不屈服的火焰。但這麼做已經是極限了。只見傑特又痛苦地咳了起來，口吐鮮血。

「該死的傢伙！」

賈多口沫橫飛地怒罵，朝著傑特的太陽穴揮拳……卻又突然停止動作，蹬著地板，向後跳開。

幾乎同時間，轟！賈多原本站立的場所，落下來自沉重毆打的衝擊。一拍後，又有一道輕巧落地的聲音。

「妳是……！」

見到來者，賈多啐了一聲。那是覆蓋全身的斗篷飛揚，無言地握著巨大戰鎚的亞莉納。

39

「……」

不祥的預感成真了。

亞莉納看著令人絕望的光景，咬住嘴唇。

傑特與勞倒在地上，露露莉正拚命以超域技能救人。由於過度使用技能，露露莉的臉色也變得很差。儘管如此，她仍然努力治療兩人。

潰滅——就算如此形容，也不奇怪的情景。

「露露莉……那兩個人……沒死吧……」

「他們都活著。但傷勢很嚴重，而且傑特還過度使用技能……」

「……」

亞莉納咬著嘴唇，瞪著把傑特等人逼到潰滅的三白眼男人。

在隱藏迷宮殺了魔神拉烏姆，奪走魔神核，名叫賈多的男人。是勞的朋友……話雖這麼說，但只要見到賈多在勞身上毫不留情地製造的傷勢，就知道兩人不是什麼關係和睦的「朋友」。

「妳就是處刑人……那就是神域技能〈巨神的破鎚〉嗎？」

賈多也瞪著亞莉納，他額頭上有著見慣了的神之印。

魔神化。所以傑特他們才會被逼到潰滅。

「……那又怎麼樣？」

「只要殺了妳，就能證明我的魔法才是最強的……！」

亞莉納的登場，使賈多開心地大叫。

「白銀之後就是妳！妳就為了我的目的去死吧……！我要證明魔法比技能還強！」

「……證明……？」

亞莉納低語著，聲音微微發顫。

「為了那種事……做出這種……」

手指因緊握戰鎚而發白，嘴唇因咬得太用力，滲出血絲。

無可遏制的怒氣湧上心頭。

這裡不是危險的迷宮，不是冒險者的工作場所，只是比賽用的競技場。四年一次的大賽，分出勝負，勝利者得到獎品後，就此落幕的活動。

可是為什麼，為什麼傑特他們非死在這裡不可？

為什麼每次每次，都要奪走亞莉納重要的人——

「那種事？」

賈多眉尾一跳。

「……哦，是這樣啊……那種事……那種事啊……」

他喃喃自語著，舉起右手，將手掌朝天。忽地，他的手臂開始發黑。

「！」

亞莉納警戒地握緊戰鎚時，被染黑的手臂又出現更奇妙的情況。啵啵，只見賈多的手掌泛起黑色的漣漪，如沼澤般地冒泡。

「……現在的闇之公會和魔導士啊，全是窩囊廢，只知道安於現狀，得過且過。」

不顧詭異的光景，賈多繼續喃喃地道：

「知道兩百年前，因技能而失去原本的榮耀的魔導士們，有麼多痛恨技能嗎……？」

啵啵，啵啵，賈多右手發出冒泡聲，像是有什麼要湧出似的。最後黑色的液體溢出手掌，滴落地面——黑暗頃刻間在地板擴散成巨大水窪，看起來就像深不見底的巨大洞穴。

「什……！」

亞莉納的背脊竄過惡寒。雖然不明白發生了什麼事，但直覺正在警告她。從賈多右手滿溢出來的黑暗流到地面，水窪的範圍愈來愈廣。

「兩百年前，魔法被世人否定，被趕到見不得光的角落的魔導士們，留下了詛咒——以自己的生命為交換。」

原本一直低著頭的賈多，總算抬起幽暗的眼睛，看向亞莉納。

「……『技能什麼的，全都消滅吧』……」

他以詛咒般的口吻低聲說完，嘩啦！黑色水窪捲起漩渦。

「技能什麼的，全都消滅吧!!」

下一瞬間。

黑色水窪膨脹起來，有什麼東西突破水膜似地飛出。

「!?」

亡靈般低沉的咆哮響遍競技場。那漆黑的長條狀物體不斷上升，在亞莉納的注視下愈來愈大，成為盤旋於空中的黑龍。

「這、這是什麼……!?」

黑色液體形成的龍，這麼說比較正確。構成身體的黑色液體的表面起伏不已，滴滴答答地落在地面，製造黑暗。與魔物之龍不同，黑龍的雙眼發出紅光，有如饑餓的野獸般露出獠牙。

「禁術，咒龍召喚──」

賈多得意地笑了起來。

「咒龍啊……你痛恨的技能使用者，就在你眼前哦。」

喔喔喔喔喔……！咒龍發出有如嘆息的低吟。血紅色的眼睛看向亞莉納──瞬間，亞莉納覺得毛骨竦然。

明確的惡意。想咬碎亞莉納咽喉似的嫉妒，令人窒息的羨慕……憎惡、屈辱、不平……這些感情交錯而成的，強烈的殺意。

一被咒龍的紅瞳捕捉，彷彿濃縮了人類所有黑暗面的感情，立刻如波濤般襲向亞莉納。亞莉納不曾體驗過那麼強烈的負面感情，只能僵在原地，無法動彈。

「把她啃食精光吧!!」

賈多一下令，漆黑之龍立刻發出咆哮，襲向亞莉納。

「……！」

儘管明白不是普通的攻擊，雙腿卻無法移動。亞莉納連忙舉起戰鎚為盾，以抵禦咒龍猙獰的獠牙。

「……!?」

亞莉納倒抽了一口氣。咒龍咬住銀色戰鎚的瞬間，戰鎚表面出現極為可怕的花紋。那花紋逐漸擴大，最後覆蓋整把戰鎚。

「這是什麼……!?」

亞莉納緊急地放開戰鎚後，咒龍便如撕扯獵物般大力甩動頭部。啪鏘！堅硬的金屬聲響起，戰鎚被咒龍咬碎了。

但問題不僅如此。亞莉納的雙手也浮現與戰鎚被侵蝕時相同的花紋。宛如交纏在一起的蛇，詭異又可怕的花紋。

喔喔喔喔喔喔……！

咬碎了戰鎚的咒龍發出嘆息般的聲音。那濃縮了對人類所有惡意的視線看向亞莉納，彷彿在說下一個就是妳了。

「……發動技能，〈巨神的破鎚〉！」

亞莉納搶在被恐懼凍結前發動技能。可是——

「……咦……？」

亞莉納的呼喚沒有任何回應。

不論是白色的魔法陣，或者銀色的戰鎚，全都沒有出現。不明白發生了什麼事的亞莉納再次大叫：

「〈巨神的破鎚〉！」

可是，不論她如何詠唱，銀色戰鎚都沒有顯現。神域技能無法發動。

「……技能出不來……!?」

亞莉納錯愕地低頭看著自己的手。身體感受不到異常，也沒有過度使用技能造成的疲勞感。唯一的不同之處，只有雙手被奇妙的花紋覆蓋而已。

「——蒼炎。」

聽到咒語，亞莉納一驚抬頭，只見賈多已經對自己發射藍色火焰了。亞莉納勉強朝旁邊跳開——可是跳躍的勁力卻很微弱，距離連預期中的一半都不到。因為她無法發動〈巨神的破鎚〉，肌力回到與常人無異的狀態了。蒼炎從亞莉納身邊堪堪擦過後消失。若亞莉納的反應慢一霎那，應該就已經被擊中了。

「……！」

心臟劇烈跳動著。

無法發動技能……也就是說，現在的亞莉納，是沒有任何力量的少女。

「怎麼啦～沒有技能的話，就啥都做不到了嗎？」

賈多看著臉色發白的亞莉納，愉快地大笑。黑色的咒龍旋繞在他身邊，彷彿在保護他似的。

「是說，不用問也知道答案呢！」

賈多哈哈笑著，朝亞莉納發射數不清的蒼炎。

「……！」

廣範圍攻擊。瞬間，亞莉納的腦袋一片空白。現在的自己，沒有辦法以體力迴避攻擊——

就在蒼炎飛到眼前時，有人抱住亞莉納的腰，打滾似地朝旁邊逃開。

「……!?」

亞莉納在競技場的地面打滾，身上到處都是擦傷，但總算在千鈞一髮之際躲開了蒼炎。亞莉納抬頭，認出趴在自己身邊的人，驚叫：

「勞……!?」

勞按著受傷的側腰，臉色很難看。他應該正在接受露露莉的治療，卻衝過來救了亞莉納。

「你……你的傷……」

「現在不是關心傷口的時候……現在能動的，只有我而已……！」

雖然嘴上那麼說，但勞的臉上沒有血色，頭上都是冷汗。他忍著痛苦，看向亞莉納的雙臂。

「可惡……賈多那傢伙，沒想到他連咒龍都使出來了……」

「欸，這是什麼!?我沒辦法使用技能了啊……」

亞莉納向似乎知道什麼的勞發問，勞苦澀地回答：

「這是禁術。兩百年前的魔導士們，以自己的生命為代價創造的，最古老的危險禁術，『咒龍』……」

「咒龍……？」

「以怨念為基礎的強烈詛咒……能夠強制奪走技能的詛咒魔法。」

亞莉納聞言，錯愕地複述。

「奪……奪走……技能……!?」

「沒錯～」

賈多得意的聲音迴蕩在競技場上。他揚起嘴角，撫摸咒龍。

「禁術『咒龍』……知道這個禁術時，我就確定了。魔法連神域技能都能超越。只要以這禁術殺了處刑人……就算那些技能至上的傢伙再蠢，也會清醒的……！」

「……超越……神域技能……」

證明。亞莉納總算明白賈多那些話的意思了。從一開始，賈多就打算以那可怕的龍封住亞莉納的神域技能。

「知道這條龍的原形嗎？」

賈多冷酷地瞇細眼睛。

「是兩百年來，魔導士們的怨念。被技能奪走地位，被有眼無珠的愚蠢世人瞧不起魔法，儘管如此，仍然發誓終有一天，要以魔法報仇後自盡的怨念……就連闇之公會都拿這禁術沒轍，只好把它封印。」

亞莉納低頭看著自己雙手的詛咒花紋。

「……無法、使用技能……」

絕望重重地壓在亞莉納身上。

無法戰鬥。無法守護。所以大家都會死。

像許勞德那樣，大家都會死。所有人全都會消失。

又要變成一個人——

「……只能破壞那條咒龍了。」

差點被絕望吞沒的亞莉納，因勞的話而回神。

「可是我的技能——」

「我來。」

勞小聲說道。

「我來破壞咒龍。」

40

勞說完，賈多隨即捧腹大笑。

「破壞咒龍!?憑你那連蒼炎都贏不了的癟三超域技能？」

「……」

「你的技能輸給我了。被打得七零八落的失敗者，沒有勝利者的允許不要插嘴——」

「我也很想戰鬥啊。一直都是。」

強烈的後悔閃過心頭。勞咬著牙，站到亞莉納前方。

每當見到傑特、露露莉與亞莉納陷入困境，勞就會懊悔不已。

在白堊之塔第一次遇見魔神時、在永恆之森與雙胞胎魔神戰鬥時、在公會總部地下樓層與魔神化的葛倫苦戰時——

應該說自己還留有一手，能使用超域技能才對。可是，傑特他們拚命戰鬥時，他只是在後面害怕著夏羅的那句話。

——……你是誰？

明明傑特他們說不定會死。即使如此，卻更害怕被他們忘記。勞自己也覺得可笑。自己是軟弱又狡猾的人，不配與傑特他們並肩互稱為同伴。

儘管如此，還是躲不過這一天，他害怕的事還是發生了。已經見到禁術的傑特等人，應該會被消除所有關於勞的記憶吧。就像夏羅一樣。他最害怕的事情即將發生，已經避無可避。

既然這一戰之後，所有相關的人都會被消除記憶——全力保護這些願意把自己這種騙子當成夥伴的他們，便是自己的最後一戰。

「我也要戰鬥。」

也許是從勞那安靜的眼中感受到什麼，亞莉納不再說話。

勞將單手舉到空中，掌中出現小石頭大的蒼炎。

「發動技能，〈永增的愚者〉！」

藍色的火焰在勞的掌心旋繞起來。

蒼炎迅速增加、碰撞、扭動，逐漸膨脹為巨大的團塊。火焰捲起旋風，如龍捲般上升，體型變得更加巨大。最後，無止無盡地增加的蒼炎覆蓋了整座競技場，成為藍色的天花板。

「哈！還沒學到教訓？你的技能贏不了魔神（我）的力量。你是白痴嗎？」

「白痴的是你。白——痴。」

面對賈多的嘲笑，勞反而哼笑回去。就在這時——

「——發動技能，〈滿身鮮血的終結者〉。」

傑特的詠唱聲悄然響起。

「！」

賈多驚訝地轉頭，原本趴在地上的傑特站了起來。他使喚瀕死的身體，向前伸出右手，發出技能的紅光。

那是以自己為肉盾，把所有針對同伴的攻擊轉移到自己身上的技能。能把周圍使用中的技能全部強行集中在自己身上。

傑特的〈滿身鮮血的終結者〉與勞的〈永增的愚者〉融合在一起，增幅後的蒼炎，開始收縮於傑特的掌心。

賈多變了臉色。他總算明白了兩人的意圖。

「……複合技能嗎！」

＊＊＊＊

賈多說完，立刻朝傑特伸手，掌心出現藍色的火焰。察覺他想做什麼，亞莉納閃身阻擋在他前方。

「……別想得逞。」

「滾開！沒有技能的無能——」

「不要！」

亞莉納大聲反駁，瞪著賈多。現在的亞莉納沒有神域技能，沒有任何戰鬥的力量。但是那又如何？

她不是因為會贏才戰鬥的。也不是因為擁有最強的技能才戰鬥的。

一直以來，她都是為了不失去重要的事物而戰鬥的。就算是無法使用技能的現在也一樣。

「我才不會退開……！」

「愚蠢的小丫頭!!!!」

賈多口沫橫飛地痛罵，無數蒼炎朝亞莉納飛去。亞莉納咬緊牙關，瞪著那些高溫的藍色火焰。就在足以消滅人體的火焰即將啃食亞莉納時——有人闖入火焰與亞莉納之間，蒼炎則啪地消失無蹤。

是傑特。

「傑特！」

只見傑特站在亞莉納前方，手中拿著沒見過的白色盾牌。盾牌狀的白色火焰──把勞的技能增加的所有蒼炎全都收縮、凝聚而成的白炎。甚至是賈多的蒼炎，也能輕易消滅。

「……保護大家，是我的職責……！」

瀕死的傑特氣喘吁吁地說著，瞪著賈多。

「把我的蒼炎……!?」

賈多瞪大眼睛。吞下魔神核的賈多製造的蒼炎，不是普通的禁術，連勞的〈永增的愚者〉都無法與之對抗。可是那白炎，卻輕易地擋下了賈多的蒼炎。

白盾彷彿宣告功成身退似地變形，成為火焰團塊，最後變成白色的長劍，等待下一個人使用似地，水平飄浮在空中。

「勞！」

傑特呼喚的瞬間，勞立刻從他身旁竄出。

勞一把抓住劍狀的白色火焰，分別握住兩端，朝左右一拉。白炎化為雙劍，在勞的手中亮晃晃地閃爍。

無論與傑特練習多少次，都無法成功的複合技能。其實從一開始，勞就知道該怎麼做才能成功。使用普通魔法時無法控制的〈永增的愚者〉，唯一能讓這技能聽話的方法──就是使用禁術蒼炎。

「居然濃縮了蒼炎……!?可惡，咒龍!!」

賈多朝勞伸手，向纏在自己身上的咒龍下令。咒龍發出怨恨的低沉咆哮，朝勞撲去。

勞並不因此停下腳步。

不只如此，他甚至無聲地加速，壓低身體，反手握住白炎雙劍，從正面瞪視咒龍，就這樣筆直地穿過龍身——

錚——空氣劇烈地震動，白色的閃光劃開了咒龍。

「什……!?」

賈多大為動搖，碎裂聲同時響起。

劈嘰，劈嘰，碎裂聲愈來愈頻繁，咒龍的黑色身體出現許多亮著白光的龜裂，而且裂痕愈來愈大。

「咒龍被……!?」

啪！最終，保護著賈多的怨念之龍，被白光粉碎了。

「……你們竟敢……！」

賈多氣得眼中充滿血絲，低頭怒瞪著勞。白炎雙劍已經消失，如今勞的雙手空空如也。但他仍然揚起嘴角，小聲道：

「之後就交給妳了。」

瞬間。

咚！賈多的身體伴隨著沉重的撞擊聲飛了出去。解除詛咒後的亞莉納召喚出銀色戰鎚，重重毆打在賈多的側腹。

「嗚呃……！」

賈多的身體筆直地向後飛，在地板上彈跳了兩圈後，又繼續滑行。話雖這麼說，不愧是吞下魔神核後的肉體，遠比人類強韌，就算被神域技能毆打，也沒有嚴重的外傷。

「妳——」

但那又如何？亞莉納不容許賈多起身，繼續追擊，以戰鎚把正要起身的賈多再次打飛。

「嗚……！蒼炎！」

再這樣下去，只會單方面地挨打。明白這點的賈多，在半空中以勉強的體勢朝追來的亞莉納發射蒼炎。

然而面對正面襲來的蒼炎，亞莉納不後退也不閃避。

「喝啊啊啊啊啊!!」

她打橫揮動戰鎚，以蠻力打碎蒼炎。儘管化為小火花的藍色火焰仍有驚人的威力，灼燒著亞莉納的頭髮與手臂，但她仍不在乎地繼續前進。

「什……」

那威猛的攻勢，使賈多的表情僵住了。緊接著，充滿怒氣的戰鎚痛快地打進他的臉。

「咳噗、嘎！」

賈多的身體如玩具般飛了出去，重重摔在地上。亞莉納落地，站在頭昏眼花，失去平衡地趴在地上的賈多前方。

「等、等——」

話只說到一半就中斷了。被戰鎚擊中胸窩，賈多再次飛了起來。

但是這次，賈多一摔在地上就立刻跳起。他迅速確認周圍情況後，對著怒氣沖沖的亞莉納尖聲大叫：

「慢著！」

亞莉納倏地停下腳步。因為她已經知道賈多想做什麼了。

「看！只要妳稍微動一下，我就把這傢伙的身體燒光。」

賈多的手腕朝側面伸出，以掌心生出的藍色火焰鎖定筋疲力竭的傑特。

「……」

見亞莉納總算停止猛攻，賈多得意地笑了起來。

「哈哈、哈哈哈哈！沒想到妳會保護他們到這種地步。為這種廢物戰鬥有什麼意義？處刑人！」

「……廢物？」

「沒錯，廢物。就是廢物！使用了不起的技能，卻連魔法都贏不了的廢——」

賈多的嘲笑來不及說完。

砰！沉重的撞擊聲響起，戰鎚狠狠打中他的側臉。

「咕嗚……!?」

沙沙！亞莉納站在倒地的賈多前方，冷冷地向下看，小聲說道。

「——你根本什麼都不知道。」

亞莉納從牙縫間擠出聲音說話，話聲微微發抖。

「……在沒有人幫忙的情況下加班……怎麼做都做不完的工作……與孤獨和睡意的戰鬥……容易受挫的深夜精神狀態……你什麼都不知道……！」

「……啥？」

「『幫妳加班』這句話有多令人感動，知道有人陪伴自己工作，心情會變得多麼輕鬆，你明明什麼都不知道！」

「……加、班……？」

賈多難以理解地僵住了。對他的反應毫無興趣，亞莉納握緊戰鎚的握柄。

「傑特是強是弱，根本不是那種問題……重點是，不准你從我這裡搶走這傢伙……！」

亞莉納一直都只有一個人。

即使成為櫃檯小姐已經第三年，仍然時常需要加班，總是孤伶伶地在深夜的辦公室工作。

但那是自己選擇的道路。打從許勞德死亡的那天起，亞莉納就選擇了孤獨之路。決定成為櫃檯小姐，成為了櫃檯小姐，處理加班，厭惡冒險者，為了減少加班而有了祕密。

只有自己一個人的話，就不會失去任何人。

可是，曾幾何時，只有自己的辦公室多出了傑特。

有這個瀕死過不知多少次，可是絕對不會死，堪比喪屍的傢伙待在身邊。讓使亞莉納不再是一個人的傑特的存在，將她從某樣恐懼中解救出來。

「有人會消失不見」的恐懼。長久以來，亞莉納一直害怕著的詛咒。傑特讓亞莉納從那之中解脫了。

「說起來！傑特之所以練習複合技能……」

無視賈多的困惑，亞莉納咬牙切齒地說。

「是為了──」

靠氣勢說到一半，亞莉納突然住了口。強烈的羞恥感湧上心頭，有如被潑了一大盆冷水似的。亞莉納倏地恢復理智，怒氣也平息了下來。

「為了……」

到了嘴邊又停下的話語，使亞莉納的嘴張闔不已。

可是，這話不能不說。非說不可。而且非由自己來反駁才行。

亞莉納握著拳頭，抿緊嘴唇，下定決心，豁出去地大叫：

「是為了我！不是為了魔神！也不是為了你！不要搞錯情況亂笑好嗎!?」

傑特練習到吐血的模樣看起來十分難受，想靠不知道有沒有用的複合技能與魔神戰鬥的想法，也許很滑稽。但那些事絕不是沒有意義。傑特才不是廢物。

他的意志與態度，使長年棲宿於亞莉納心中的恐懼稍微得到緩和，那比任何強大的必殺技都更有意義。

「既然什麼都不知道……！就不要發出那種噁心的笑聲啦……！」

亞莉納瞪大眼睛，往地面一蹬，逼近賈多。

「！可惡……！」

賈多緊張了起來。他交互看著傑特與逼近的亞莉納，不得已地把蒼炎射向亞莉納。亞莉納面對飛來的藍色火焰，朝虛空揮下戰鎚。

轟！戰鎚捲起金色的爆風。

飛來的蒼炎被強風逼退，反過來襲向賈多。

「!?」

賈多被吹回的藍色火焰球燒燬單邊眼睛，熔掉手臂。

「嗚啊啊啊！」

正當賈多因劇痛而扭動身體時，亞莉納已經來到他面前，朝他揮下戰鎚了。

能夠從戰鎚感受灼熱的脈動。與剛才冰冷的銀色戰鎚截然不同。

這是用來消滅想奪走她重要事物的所有障礙的，亞莉納的黃金戰鎚。

她再也不想失去任何事物了。光是哭哭啼啼，光是悲嘆自己的不幸，重要的事物還是會被奪走。

所以，才要戰鬥。

「……！」

賈多臉頰僵住。已然無計可施，賈多只能啞然地仰頭看著亞莉納。

「不——」

「去死吧啊啊啊啊啊啊啊啊——!!!!」

亞莉納的一擊穿透了賈多的腹部。

戰鎚將賈多體內的魔神核擊破，與魔神的力量一起化為粉碎。賈多額頭的神之印消失，身體遠遠飛了出去，落在地上，一動也不動了。

最後，那身體化為塵埃，消散無蹤。

42

「亞莉納小姐……」

傑特望著煙消霧散的賈多，淚流滿面。

「我好高興，雖然我很高興，但不知為何無法坦率地感到開心……」

我的優點是文書處理能力嗎……傑特沮喪地垂下頭，露露莉與勞忍著笑安慰道：

「隊長，不要太在意哦——」

「傑特的心情確實地傳達到亞莉納小姐那裡了哦！這是好事。」

「也許吧……」

但身為男人，還是希望能被認可為強大可靠的傢伙。不，因為亞莉納的力量強到犯規，所以很難讓她那麼想吧。

（可惡……我一定要變強……）

傑特噙著淚水，在心中堅定發誓。沙沙，一道人影站到他面前。是亞莉納。她將雙手交叉在胸前，沉默地低頭看著傑特。

「妳、妳怎麼了，亞莉納小姐……？」

抿成一條直線的嘴唇，定定看著傑特的眼睛。這確實是亞莉納生氣時的表情。可是，雖然知道亞莉納在生氣，卻不知道她生氣的原因。傑特戰戰兢兢地發問，露露莉與勞則早就察覺到危險，閃得遠遠的了。

「……你又差點死了呢。」

「咦？」

「你明明說自己絕對不會死的!!但為什麼每次只要我一不注意，就馬上快死掉了啊!!」

「我、我沒有真的死掉，所以原諒我吧！」

亞莉納不講道理地揪住傑特的領子，用力搖晃。因為貧血而頭昏眼花的傑特拚命道歉。

「比起這個，勞的事比較重要，勞！」

再這樣下去會死。本能地感受到生命危機的傑特，連忙把視線投向勞。

「也就是說，你是闇之公會的魔導士嗎？」

亞莉納停下動作，傑特趁機逃出她的魔掌，改變話題：

「你使用的蒼炎，是闇之公會的禁術對吧？」

被拋來話題的勞尷尬地撇開視線。

「啊——……不，我隸屬於闇之公會，是以前的事了，現在只是個冒險者。雖然還是和闇之公會有關聯就是了。」

「有關聯？」

「想脫離闇之公會的話，必須消除所有與禁術有關的記憶。可是我以幫忙處理違規者為交換條件，保留了記憶。雖然說也是因為闇之公會那邊不想放棄我這個戰力就是了。」

「……也就是說。」

聽了勞的話，露露莉查覺到可怕的事實，臉色鐵青。

「你一直趁著白銀的工作的空檔，把『違規者』、殺了——」

「嗯——是啊，闇之公會有委託的話，我就會去做。」

露露莉臉頰抽搐了起來。

「原來你……是這麼危險的人……」

「不好意思啦，一直瞞著你們。」

「不是不好意思的問題!!」

露露莉鼓著腮幫子，手扠著腰斥責道：

「這就是你有時候不和我們一起去喝酒的原因吧！不可原諒！」

「……啊──嗯，對不起。」

「不過，原來如此。這樣就說得通了。」

聽完原委，傑特鬆了一口氣。

「因為你能使用禁術嘛。脫離闇之公會的話，不是會被消除和禁術有關的記憶嗎？我本來很擔心你和賈多一樣，是『違規者』呢。」

「──不，這個……」

彷彿想破壞傑特的安心似的，勞小聲地道：

「我已經違規了。」

「咦？」

傑特正詫異地眨眼時，遠遠地有聲音傳來。

「小姑娘，還有你們，都還好嗎？」

朝這邊快步跑來的，是冒險者公會會長葛倫。他一見到會場的混亂與白銀等人的慘狀，臉色立刻變得很難看。

「詳細等之後再說吧，救護人員馬上就會到──」

「你還真有本事等到事情結束才出現……！」

亞莉納打斷葛倫的話，恨恨地低聲說道。

「時機可以再剛好一點啊！你知道我們吃了多大的苦頭嗎!?」

「對、對不起啊小姑娘。我也是一聽到消息，就立刻從闇之公會的總部趕回來的。」

「闇之公會的總部？距離那麼遠，要怎麼立刻——」

聽見葛倫的辯解，傑特正感到訝異時，聲音被勞的大叫給蓋過。

「呃！爺爺!?」

很少看到勞那麼焦急的模樣。傑特朝勞的視線方向看過去，見到一名不認識的老人。

「呵呵，不過那點距離，以老夫的力量，瞬間移動不是難事。」

老人說完，低聲笑了起來。那是一名矮小、駝背，臉上滿是皺紋的老人。雖然看起來與一般老人沒什麼不同……可是見到他的瞬間，傑特心中便湧起難以形容的緊張。

「比起那個，勞——你違反規定了呢。」

矮小的老人安靜地斥責勞。

「雖然說不消除你的記憶，是基於公會的考量……但既然闇之公會的禁術被知道了，就不能讓在場的人活著回去。」

「！」

現場的空氣倏地凍結。原來如此。傑特立刻明白了這老人是誰。是闇之公會的會長，札法。

「爺爺，我的話要殺要剮都行，但是別動他們啦。」

聽見勞焦急地向老人求情，露露莉錯愕地抬頭。傑特也察覺了勞的意圖，不經意喃喃道：

「違規……」

勞剛才說自己已經違規了。所謂的違規是指讓外人見到禁術。雖然勞是基於條件交換，在脫離闇之公會後仍保有關於禁術的記憶，但是在傑特等人面前使用禁術，依舊是不允許的事。

至於違規者會有什麼下場，勞是最清楚的人。

「要殺的話，殺我就好。爺爺。」

勞不死心地說服老人。

「在傑特他們面前使用蒼炎是我的錯。可是不那麼做就沒辦法阻止賈多。不阻止他的話，會有更多禁術被他外流。這個部分可以將功抵罪吧？」

札法沉默地聽著勞的話，最後哼道：

「你還是一樣滑頭呢。既然這樣，就只消除記憶吧。但是，白銀啊，不只禁術，連勞的事，也要請你們忘了。」

「什……!?」

聽到老人下的判決，傑特與露露莉連忙看向勞。但勞只是安靜地聽著老人的話，不再反駁。他沉默了片刻後，微微嘆氣，點了頭。

「這樣就好了。動手吧。」

勞承受著札法的視線，看開一切似地對傑特等人笑道：

「不好意思啊，不能繼續和你們一起戰鬥了。」

他小聲說完，便朝著札法走去。露露莉與傑特不知道該說什麼，只能默默地看著他走遠。

「——不、不行！」

但，露露莉還是出聲了。她握緊魔杖，擋在勞的前方。

「為什麼我們非得忘了勞的事不可！我不要這樣！堅決反對！」

傑特也勉強拖著腿，走到露露莉身旁。他瞥了勞一眼，接著瞪向札法。

「忘了勞這種條件，我們無法接受。」

「勞不能交給你……！勞的記憶也是！他是我們的同伴！」

露露莉像是抱著不惜一戰的覺悟，面對札法說道。札法安靜地看著兩人。傑特同樣與札法的視線交戰，卻本能地對老人的目光感到恐懼。

說實話，雖然對方是老人，但畢竟是闇之公會的會長。以現在的身體狀況與他戰鬥，實在過於不利。也不知道這老人有什麼能力。但是，也不可能說句贏不了，就把勞交出去。

「哦。真是不知死活的小傢伙們。不顧自己與敵人的實力差距，也想挑戰老夫嗎？」

札法以見到愚蠢小動物的眼神看著傑特與露露莉，嘲笑地說著。接著他以更加凌厲的眼神看向勞。

「勞，你自己看看吧。你的『朋友』們就算遍體鱗傷，也要保護你。明明知道贏不了老夫。這就是你的期望嗎？知道自己犯的錯有多重大了嗎？你已經不是小孩，不能以年幼無知為藉口放你一馬了。」

「等、等一下！」

露露莉拚命地朝札法喊道：

「勞從來沒有讓我們看到禁術。不管在什麼情況下，他都守住了與闇之公會的約定。他在我們面前使用禁術，只有這次而已——再說，勞至今為止幫了闇之公會那麼多忙，這樣對待他太過分了。」

「只有這次？真敢說。妳知道禁術被世人知道，代表著什麼嗎？」

「代表什麼……？」

「這次有很多人見到了蒼炎。不久後一定會有人加以研究，使蒼炎普及化，並想出對抗的方法。它的強大與價值只會消失殆盡……蒼炎已經失去了作為禁術的價值。因為這件事，闇之公會將會失去一種先人們在技能至上的世界裡，忍受著世人的嘲笑與輕蔑，吞下悔恨與反論，花費許多歲月默默研究出來的貴重魔法哦……」

「……」

「有技能的人是不會懂的……這種悔恨……」

沉默重重地壓在眾人身上。

面對札法沉重的話語，他們沒有任何反駁的立場。

「隊長、露露莉，謝謝你們。已經夠了。」

勞笑了一笑說道。

「雖然以幫忙闇之公會為條件保留了記憶，但不等於能讓外人看到禁術。這種事我當然知道。我是在明白一切的情況下接受交換條件的，而且今天的戰鬥……我完全不後悔哦。」

「……勞……」

「等一下。」

打斷他們對話的，是剛才一直沒出聲的亞莉納。

她一臉嚴肅地皺眉，歪了歪頭。

「雖然我不太理解是怎麼回事……總之不打倒這老頭的話，勞就會被殺是嗎？」

「亞莉納小姐……」

傑特聞言一驚抬頭時，亞莉納已經簡潔明瞭地宣布了：

「那我就打倒他。」

白色的魔法陣在她腳下展開，戰鎚再次出現於手中。感受到敵意，札法揚起了嘴角。

「又是個不知天高地厚的傢伙——」

札法看向握著戰鎚的亞莉納……卻忽然斂起了笑容。

「……小姑娘，妳是什麼人？」

「？我是櫃——啊不對，是處刑人。」

亞莉納一臉莫名地皺眉。札法凝視了她幾秒後，隨即移開視線。

「哼，罷了。不管你們有多少人，全都一起上吧。反正馬上——就會結束了。」

瞬間，札法消失了。同時，從某處傳來微弱的聲響。不知何時，他已經站在勞的身邊了。

「！勞！」

傑特回頭一看，倒抽了一口氣。只見札法的右手已經放在勞的腰上，而且還是因貫多而受重傷的部位。

「啊……」

勞雙腿一軟，跪了下來。

「勞！」

露露莉臉色大變地朝勞跑了過去，亞莉納則充滿敵意地向前踏步……卻被傑特給阻止。

「幹嘛啦？」

「不對，那不是攻擊……！」

「咦？」

亞莉納一怔，傑特把視線移回勞身上。跪坐的勞正詫異地看著自己的腰。

「傷口……？」

被賈多的攻擊重創，原本令人怵目驚心的傷口。就連露露莉的技能都只能做某種程度的恢復，沒辦法讓肉體完全再生。可是轉眼間，那嚴重的傷勢不但痊癒，連肉體都完全恢復了。

「完全治好了!?!?」

見狀，露露莉的反應比勞更大。

「明明連我的〈不死的祝福者〉都無法治好————!!」

她捧著臉頰大叫。札法一反剛才冷漠的態度，爽朗地哈哈大笑起來。

「太嫩了，太嫩了。妳根本不懂治療呢，小不點補師。」

「小不點補師!?」

「爺爺，你為什麼要治好我……」

大受打擊的露露莉兩眼翻白地愣住，一旁的勞連忙抬頭發問。

「你的處分延後了。」

「延後……？」

「這次，脫離闇之公會的違規者，不只賈多和格爾茲而已。而且那些一齊消失的違規者身後，似乎有麻煩的人物撐腰……就是『那位大人』。」

「『那位大人』……!?」

聽見那個稱呼，傑特瞪大眼睛。

這次告訴賈多魔神知識的，就是「那位大人」。他煽動一直對魔導士的待遇感到不滿的賈多，使賈多產生渴求認同的扭曲欲望。在操弄葛倫時，則是利用了葛倫痛失愛女的悲傷，手法都相當卑劣──不只賈多，其他違規者也被那種傢伙操控了嗎？

「勞，我命令你處理投靠『那位大人』的違規者們。等這麻煩到極～點的任務解決後，再來考慮你的處分。」

露露莉的表情一亮。

「真的嗎？」

「老夫不會騙人的，小不點。」

「不要叫我小不點啦！」

「……還真是溫柔啊。闇之公會的鐵則呢？」

勞仍然顯得難以置信。

「溫柔？才不。雖然這件事不全是你的錯，但是在外人面前使用蒼炎，使闇之公會痛失了一項貴重的禁術。不讓你好好擦屁股的話太不划算了。」
札法說完哼了一聲，看向旁邊。那不坦率的模樣，總算使勞接受了這決定，輕笑了起來。
「又要壓榨我了啊。不過既然如此，今後就讓我安心地戰鬥吧。」
札法的表情忽然柔和下來，側臉上多了幾許寂寥。
「正因為是祕密，祕術才會強大。正因為不為人知，禁術才有價值，為使用禁術的闇之公會的魔導士帶來獨一無二的存在價值。有價值才有工作，有工作才能得到金錢，有金錢，才不會餓死在路邊……」
「……」
「長久以來，我們闇之公會一直以這個方法保護同伴。即使是現在，也找不到其他在魔法失去價值的時代，養活沒有技能、窮途潦倒在路邊的魔導士的方法了。沉醉於自我表現的欲望，隨意展示禁術，只能帶來短暫的掌聲，最後連著同伴一起毀滅。名聲什麼的根本不能當飯吃。賈多直到最後都不理解這點……」
札法將視線看向勞，眼中的憂鬱霎時間消失了。
「勞，你交到很好的『朋友』了呢。蒼炎就給你吧。」
說完，哈哈哈！老人爽朗的笑聲響遍了競技場。

43

鬥技大賽的幾天後。伊富爾服務處的營業時間一結束，亞莉納立刻抓起裝滿魔法藥水的袋子，快步走在馬路上。她的目的地是治療院。

「亞莉納小姐竟然來探病，傑特一定會很高興。」

走在亞莉納身旁的露露莉，就像在說自己的事情般開心。亞莉納別過臉，哼了一聲。

「我、我只是不小心買了太多魔法藥水，拿來分他一點而已。」

唔呼呼，露露莉別有深意地笑著，連連點頭。亞莉納突然皺起了眉。

「話說回來，妳那是什麼啊……？」

露露莉說她也帶了東西，要送給與傑特一起住院中的勞。只見她鄭重地抱著裝有詭異又黏稠黑綠色液體的圓筒狀瓶子。

「這是我特製的恢復藥！」

看樣子所謂的特製恢復藥，是指那時不時地冒出氣泡，看起來很危險的液體。不久之後，勞將會被迫喝下那種東西嗎……亞莉納默默地對他悲慘的將來感到心痛，不再多問關於恢復藥的事。

＊＊＊＊

「亞、亞亞亞亞亞莉納小姐，居然來探望我!?!?」
一來到病房，傑特立刻以驚訝的聲音迎接亞莉納。
躺在床上的傑特，還是和平常一樣慘兮兮的。他的一隻手、一條腿纏滿繃帶，還上了固定護具，氣色雖然好，可是身上的傷非常慘烈。
「不是探病，是把多的魔法藥水分給你！」
亞莉納冷淡地說著，把魔法藥水放在傑特床邊的櫃子上。傑特以看著聖物般的眼神，感動萬分地看著那些魔法藥水。
「我……會一輩子珍惜這些魔法藥水的……」
傑特感動得熱淚盈眶，旁邊病床上的勞則因為一口氣喝光露露莉的詭異液體，兩眼上翻失神了。露露莉正滿意地點頭，又忽然想起一件事，垂下眉尾。
「對了，亞莉納小姐，結果優勝獎品還是壞了……明明妳那麼想要那個獎品……」
驚！亞莉納的肩膀一顫。
「咦？啊，好像是呢。啊——真是遺憾啊——～」
亞莉納裝出悲傷的模樣，把臉埋在雙手之間，一面偷看露露莉等人的反應。自從破壞了那奇怪的人像，湮滅完證據後，亞莉納就放下了胸中的大石頭，忘記自己弄斷人像脖子的事了。現在舊事重提，使她在心中冷汗直流。

「為了那獎品，亞莉納小姐明明那麼努力，真是太可惜了……」

「亞莉納小姐真的很想要那個優勝獎品呢……」

「是嗎？我總覺得剛才的語氣超級生硬——啊沒事我什麼都沒說。」

傑特和露露莉這兩個老實人都跟著心痛，只有一個人敏銳地吐槽。亞莉納從指縫瞪著勞讓他閉嘴。此時傑特咳了一聲，拿出一件物品放在桌上。

「……既、既然如此，我做這個就值得了。亞莉納小姐，請妳收下！」

「咦？——呃欸欸!?」

亞莉納忍不住大叫。

傑特放在桌上的……是亞莉納為了湮滅證據，使出全力打碎的優勝獎品。

如今，四分五裂的碎片被拼湊起來，復原成奇怪的人像。人像全身都是裂縫，身上有許多缺損，在體內閃爍的神之印也消失了。而被亞莉納彈頟斷掉的頭好好黏在上面，嘲弄人似地微微扭轉身體的姿勢，也跟之前一模一樣。

「這……這是什麼……」

亞莉納啞口無言，傑特則難為情地刮著臉頰。

「我想說能不能修復看看，就收集了散落的碎片，想辦法拼起來。雖然很想完全恢復原狀，不過這已經是極限了……」

亞莉納凝視著優勝獎品，臉頰抽搐不已。不，仔細看的話，連相當小的碎片都細心地黏回去了。說起來，把已經打成粉碎的人像拼湊出原本的外形，本身就是奇蹟了。

「亞莉納小姐那麼努力加班，又那麼拚命參加比賽，所以我想送妳當禮物。」

「……」

老實說，證據湮滅完畢的現在，亞莉納根本不想要這種亂七八糟的人像，可是——

「…………謝、謝謝……」

亞莉納小聲說完，接過破破爛爛的優勝獎品。

不這麼做的話，就太不自然了……而且畢竟是傑特的心意，收下也無所謂。傑特隨即開心地笑了。

「別再弄壞了哦！」

「是……是啊。那，我已經把魔法藥水給你了，也差不多該回——」

亞莉納把奇怪的人像夾在腰側，正想早點離開時，一名男人走進病房。

「哦，你們挺有精神的嘛。」

說完便笑了起來的人，是葛倫。

錯失離開的時機，亞莉納只好與大夥人一起擠在狹窄的病房裡。

傑特與勞住的病房，是葛倫特別準備的。因此就算冒險者公會會長來訪，也沒有造成騷動。幹練的祕書菲莉放下慰問的禮物後就離開了。傑特目送她離去後，便向葛倫發問：

「對了，葛倫，結果你掌握到【大賢者】的消息了嗎？」

「……【大賢者】？」

又是聽起來很麻煩的名詞，亞莉納皺起了眉，葛倫則尷尬地刮著臉頰。

「嗯。因為某些原因，我去了一趟闇之公會的總部，打聽十五年前失蹤的【大賢者】的消息。」

「看你和爺爺……闇之公會會長處得不錯，交涉應該挺順利的吧。」

太好了呢──勞不關己事地說著，一旁的傑特則小聲沉吟。

「……考慮到冒險者公會與闇之公會多年來的不和，能與闇之公會會長建立交流，已經算是大有斬獲了吧……？」

「沒錯。而且我也打聽到了【大賢者】的行蹤。」

話雖這麼說，葛倫的表情卻籠罩著陰霾。他看了眾人一眼，稍微壓低聲音。

「【大賢者】失蹤後，以冒險者的身分，在名叫緋路亞的鄉間小鎮悄悄地生活了五年左右。」

不要又在我面前說這種麻煩的話題，把我捲進去啊——亞莉納正想這麼說，卻又一下子闔起了嘴。

（……緋路亞？）

緋路亞是亞莉納出生的故鄉。

而且，假如【大賢者】失蹤後在緋路亞生活了五年，那麼就正好與亞莉納還住在緋路亞的時間重疊了。

十五歲成為櫃檯小姐，搬到伊富爾之前，亞莉納一直住在緋路亞。她當然從來沒聽過什麼【大賢者】之類的怪人來過的消息，緋路亞是與那種危險話題無緣的、和平的小地方。

「……」

亞莉納訝異地皺眉，稍微有些好奇地聆聽葛倫的話。

「為什麼【大賢者】要在鄉下小鎮當冒險者……？」

傑特提出疑問，葛倫也露出不解的神色說道。

「不知道。假如是為了捨棄【大賢者】的頭銜，手法稍微有些粗糙了。那麼聰明的人，應該可以隱姓埋名得更徹底才是。」

「之後呢？【大賢者】後來又去了哪裡？」

聽見露露莉發問，葛倫一時間住了口。他像在猶豫般沉默一會兒後，緩緩開口。

「【大賢者】──死了。」

病房中倏地充滿緊張的氣氛。

「什麼……死了……!?」

傑特瞪大眼睛，忍不住探出身子。

露露莉與勞也錯愕地僵住了。一直以來，【大賢者】都被視為生死不明的狀態。沒有證據能斷定他已經死亡，可以說是唯一的希望。

「【大賢者】以冒險者的身分在緋路亞生活，但是不幸在迷宮中被魔物攻擊，死亡了。」

傑特似乎無法接受這個說法，喃喃道：

「……被魔物攻擊而死……？真的嗎？雖然只是傳聞，但是聽說【大賢者】在戰鬥方面的造詣也很深……」

「我也無法接受這個死因。第四代【大賢者】不但文武雙全，而且擁有很強的技能。不是會輕易死於魔物攻擊的人……啊，對了，【大賢者】在緋路亞生活時，當然使用了化名。」

葛倫突然想到似地說道。

接著，他說出了【大賢者】過去使用的，如今已經死亡的冒險者的名字。

「——名字是，許勞德。」

後記

新的年度馬上要開始了呢。大家好，我是香坂マト。

《公會櫃檯》也在不知不覺之間出到第四集了！本集的焦點人物是勞。

在這之前，勞一直沒有活躍的場面，但如果被問「他是什麼樣的男人？」，我一定會回答「在處世和戀愛方面都能得心應手的類型」吧。

雖然不是班上或職場中的風雲人物，不過是會被女生說「他的感覺挺不錯的呢——」的男人。沒錯。是在現代社會中一定會受歡迎的類型。（接受反對意見。）

不過勞的「得心應手」，其實是因為對其他人沒有興趣，才能做得到。正因為沒有特別執著的事物，沒有強烈的好惡，所以才能總是以超然的態度，選擇最妥當的做法並行動。聰明伶俐，懂得掌握訣竅，但是就某方面來說，是過於清醒的可憐男人……

……但是我很羨慕這麼精明的勞……

清醒也好、可憐也罷，我也想成為那麼精明的人啊啊啊啊！

如此這般，我一面大吼大叫，一面寫了勞的故事。就某方面來說，他是我理想型的角色。

這麼精明的男人，心裡抱著什麼樣的問題，今後又會有什麼樣的變化呢？看過本文後，希望大家會喜歡本集的內容！

就如開頭所說的，※本集的出版日期離新年度相當近呢。（編註：以下皆指日本出版情形。）

新的班級、學校、職場、部門……環境與人際關係都會出現變化……最重要的是，年底與年初是工作最忙的時候。

聽見了嗎？逐漸接近的加班的腳步聲……!!

為了不因加班而身心俱疲，為了不過度累積對上司的憤怒，忍耐到達極限時，請閱讀公會櫃檯，把壓力全部打飛，一起撐過新的年度吧。

接著，距離公會櫃檯第一集的出版，正好迎來了一週年！

哇——！拍手拍手拍手！

都是託了各位的福，本作才能走到今天。真的非常感謝各位。

當然，本集也同樣受了擔任責任編輯的吉岡大人、山口大人很多照顧。接著是每集都為本作繪製絕美插圖的がおう老師、出版並宣傳第四集的編輯部的各位，最重要的是，購買公會櫃檯第四集的您，請讓我在此致上由衷的感謝。

新年度也一起加油吧！

東立輕小說

MIMOZA NO KOKUHAKU
© 2021 Mei HACHIMOKU / SHOGAKUKAN
Illustrations by KUKKA

銀莉的告白3

作者：八目 迷
插畫：KUKKA
譯者：呂郁青

堅持無法妥協的事物
汐和能井、西園和世良，心靈與心靈的碰撞

文化祭結束後，咲馬等人過著和平的學生生活。原本被班上同學疏遠的汐，現在也逐漸與同學們打成一片。汐重回班上風雲人物的日子不遠了——就在咲馬這麼想時，過去與汐同屬男子田徑隊的能井風助來到咲馬班上。身為長距離跑者、曾是汐競爭對手的能井，要求與汐一決勝負，汐輸的話就必須回田徑隊。另一方面，班上的問題兒童·西園亞里沙與世良慈發生衝突，被世良不斷挑釁的西園，累積了大量怒氣，最後使她陷入疑神疑鬼的狀態。

強力上市中！

東立輕小說

敗北女角太多了！ 5

作者：雨森焚火
插畫：IMIGIMURU
譯者：陳士晉

MAKE HIROINE GA OSUGIRU!
© 2021 Takibi AMAMORI / SHOGAKUKAN
Illustrations by IMIGIMURU

妹妹的「本命」另有他人!?
潛入調查佳樹的心上人！兄妹之間的關係將會走向何方——？

情人節即將到來。佳樹要贈送手工巧克力的對象——竟然不是哥哥!?怎麼會這樣，還以為佳樹一定……我為此心慌意亂，但文藝社成員個個冷漠以對。「你妹妹有喜歡的人了吧。」「一、一定是有男人了。」……這幾個傢伙，根本不明白事情多麼嚴重。佳樹才國二而已。本命巧克力什麼的還太早了。採用燒鹽的提議，我要潛入桃園國中調查——咦？我要變裝成國中生嗎？萬一被佳樹發現的話……呃，她大概會很高興吧……超人氣確定敗北戀愛喜劇第5彈。兄控妹×妹控兄的明日究竟何在!?

強力上市中！

輕小說

LIGHT NOVELS

雖然是公會的櫃檯小姐，但因為不想加班所以打算獨自討伐迷宮頭目4

(原著名：ギルドの受付嬢ですが、残業は嫌なのでボスをソロ討伐しようと思います4)

作者：香坂マト

插畫：がおう

譯者：呂郁青

日本株式会社KADOKAWA正式授權中文版

【發行人】范萬楠
【出　版】東立出版社有限公司
台北市承德路二段81號10樓　TEL：(02)2558-7277
【香港公司】東立出版集團有限公司
香港北角渣華道321號　柯達大廈第二期1207室　TEL：23862312
【劃撥帳號】1085042-7
【戶　名】東立出版社有限公司
【劃撥專線】(02)2558-7277 總機0
【美術總監】林雲連
【文字編輯】陳其芸
【美術編輯】王　琦
【印　刷】勁達印刷廠
【裝　訂】台興印刷裝訂股份有限公司
【版　次】2023年08月24日第一刷發行

版權所有・翻印必究　ISBN　978-626-372-159-3
中文版銷售地區／台灣、香港
中文版銷售必須經本公司授權之發行商發行、銷售或陳列，方為合法。
若自行從台灣平行輸入（俗稱「水貨」）銷售至其他地區，則屬違法，本公司必依法追究，及索償一切有關損失。

本書所有文字、圖片嚴禁轉載、複製、翻印
●本書如有缺頁、破損、倒裝，請寄回更換

GUILD NO UKETSUKEJO DESUGA, ZANGYO WA IYANANODE BOSS O SOLO TOBATSUSHIYO TO OMOIMASU Vol.4
©Mato Kousaka 2022
Edited by 電撃文庫
First published in Japan in 2022 by KADOKAWA CORPORATION, Tokyo.
Complex Chinese translation rights arranged with KADOKAWA CORPORATION, Tokyo.